U0151992

魏子雲 著
李壽菊 主編

魏子雲著作集

金學卷

3

金瓶梅研究資料彙編・上編

萬卷樓圖書公司

第三冊

目次

《金瓶梅研究資料彙編・上編——序跋・論評・插圖》

第一輯　序跋

第二輯　論評

第三輯　插圖

金瓶梅研究資料彙編・上編

——序跋・論評・插圖

魏子雲　著

版本源流

1　臺北　天一出版社影印出版　1989年5月。

2　本書據天一版橫排印行，從左到右翻閱，與直排從右到左的翻閱有別。

彙編緣起及體例

朱傳譽

本社近年來印行《全明傳奇》、《清宮大戲》、《明清善本小說叢刊初編》，已提供研究中國古典小說、戲曲之一手珍本資料線裝本近兩千冊。在此之前，本社曾廣搜海內外書報雜誌中有關中國古典小說論述，以「中國古典小說研究資料彙編」為名，分裝四百五十餘冊，近八萬頁，總字數近億，惟因限於環境及財力，資料難以求全，因簡就陋，不免疏漏，故僅以複印方式，提供少數圖書館或專家參考。現經多年努力，擬就現有資料擴充，精選精編，重加排印，力求體例一致，特編《中國古典小說、戲曲研究資料叢刊》，並臚列說明如下：

一、按年代順序，收錄原書各版本序跋、論評及圖錄。如各類資料特多，則各印專冊。以論評為例，明清為一階段，自民國元年迄三十八年為一階段。三十八年以後迄今為一階段。

二、回評、批註為明清一時風尚，可視為文學批評資料，特加彙編。如屬大家有其獨特觀點及風格，則輯為專冊。

三、重要古典名著，經多次鏤版印行，不免版本互異，內容略別，研究者為供讀者善本，不惜窮年累月精校、詳證，有關此類論述，亦擇要印行。以利初學。

四、小說、戲曲向被視為小道，作者多不願署名，致煩後人推究，眾說紛紜，莫衷一是。作者創作歷程，為研究作品之重要依據，故有關作者生平論述，旁及作者其他著述或相關資料，亦均擇要收錄。歷代以來，書賈圖利，為求速銷，不免假借仿冒，甚或任意割裂原著，妄改書名，有礙後人研究。

五、近年來，海內外對中國古典小說、戲曲之研究，漸由版本考證，文字校勘，轉向於作品內涵，如人物塑造，整體架構，情節發展，用詞遣句等寫作藝術之研究，凡此均亦擇要收錄。如資料豐富，則分別輯為專冊。

六、重要小說多被改編為戲曲、彈詞、子弟書或各體通俗文學，擇要收錄以推究其影響。

七、晚清譴責小說獨樹一幟，因體例不合，未收入《明清善本小說叢刊》。由於此類小說漸受研究者之重視，特將相關資料擇要編印，未刊或未普及原著，亦同時收錄，供研究者參考。

八、工欲善其事必先利其器，有關古典小說、戲曲之目錄、索引、提要、敘錄；或新編，或在舊基礎上補充、增訂。如單項資料豐富，即輯印專冊。惟此類資料日新月異，難望求全，惟有盡心盡力隨時增補，並盼海內外學人隨時賜告，如能隨附資料，當致薄酬，本社亦可擴大對研究者之服務。如願交換，亦盼賜告辦法或意願。

九、中國古典小說、戲曲研究，在海內外蔚成風氣，浸為顯學，故本叢刊所收錄文字，不限時空，但求有利於研究。如有英、日文字，亦均擇要收錄，不另翻譯。

十、研究資料紛雜，極難規範。本叢刊體例力求彈性，隨時增減，如有疏漏，尚盼各方賜正，俾圖改進，以利參考研究。

十一、已有資料，先行編印，續收續印，不拘泥於時。附列各輯名稱、冊數，均數試擬，亦無一定順序。本社已印或待印小說，無論善本或坊刊，特列各相關資料之後，供研究者參考。因各書有典藏、普及、精、平之別，故不列價格，讀者需要，可另行洽購。

前置辭

朱傳譽先生有意把一些重要的明清小說及作者，各編一套研究資料，向我說起很久了。直到今秋我們為了國際書展，同去新加坡方始把此一行動決定下來。我只有能力去從事《金瓶梅》的部分，是以我們從新加坡等地返國，便開始進行。第一輯就是這本序跋、論及附圖。

關於《金瓶梅》的研究資料，大陸方面已出版了兩本，據說還有一本呢？真是熱鬧。而我們要編集的這一研究資料，迥異於大陸他們。將編得更清楚些，內容更充實些，也更細致些，大家一看這一輯就知道；我們連附圖都集印進來了。這一編，以明清兩代的史料，圖，也祇選了明清各一種。

民國二十一年《金瓶梅詞話》出現之後，該書的成書年代以及作者是誰？即已推翻了流傳的「王世貞」之為報父仇作此書以毒殺嚴世蕃之說，但成書年代則仍有「嘉靖」、「萬曆」二說，至今仍在爭論。那麼，明清兩代人的序論附圖，都應是研究這兩大問題的證言。所以我們集印了插圖。不過，凡不曾直接提到《金瓶梅》的，一概不錄。

我們選印的兩種插圖，一是大家習知常見的新安名手黃子立等人的木刻，此圖在民國二十二年間北平古佚小說刊行會，附印在《金瓶梅》詞話中，因而流傳甚廣，見者亦多。而另一種則是乾隆間故宮藏的彩色本，後經民國初年的上海某出版者，據以採用克羅版印成黑白色，印行極少，只流行於朋儕間，見者亦少。看來，雖似脫胎於黃子立等人的木刻，但仍有異樣，底本是否另有所據？卻也是一研究的問題。這一點，也是我們不放棄插圖的原因。

再說，關於崇禎間《金瓶梅》的木刻插圖，不止這一種，被發現的除了這一種共兩百幅，還有一種一百幅，即大陸孔德學校藏的那部「孔德本」插圖。孫楷第以及日本的版本學家長澤規矩也與鳥居久靖的著錄，都說是一百幅。可是，今人劉輝却發現此一版本的插圖共一百零一幅，第一百回共有兩幅，其他九十九回都是一幅。同時呢，最末一幅還附有「回道人」的題辭數言。「回道人」是清初人李笠翁的筆名之一。這麼一來，長澤與鳥居的《金瓶梅版本考》，把「孔德本」列為現存世之「崇禎本」四種之首的說法，便是一大問題。需要進一步研究了。

此一問題，我特別寫在這裏，提醒《金瓶梅》的研究者，不要將此問題忽略了。

至於明清人的序跋及論述，不重覆的部分，已發現的資料，都已集印進來。序跋且盡情影印原書影。冀求提供研究者以原始資料。以後的幾種，我們已在進行，希望明年能陸續一一編出。當然，由於個人眼界有限，難免未能巨細無遺，錯誤不生。但盼愛好者指正焉！

第一輯

序跋

甲　明代

金瓶梅詞話序　　欣欣子

金瓶梅詞話序

竊謂蘭陵笑笑生作金瓶梅傳寄意於時俗蓋有謂也人有七情憂鬱爲甚上智之士與化俱生霧散而氷裂是故不必言矣次焉者亦知以理自排不使爲

欣欣子〈金瓶梅詞話序〉頁一

序　一

累惟下焉者既不出了於心胸
又無詩書道腴可以撥遺然則
不致于坐病者幾希吾友笑笑
生爲此爰聲平日所蘊者著斯
傳凡一百回其中語句新奇膾
炙人口無非明人倫戒淫奔分

淑慝化善惡知盛衰消長之機取報應輪迴之事如在目前始終如脈絡貫通如萬系迎風而不亂也使觀者庶幾可以一哂而忘憂也其中未免語涉俚俗氣含脂粉余則曰不然關雎之

作樂而不淫哀而不傷富與貴
人之所慕也鮮有不至于淫者
哀與怨人之所惡也鮮有不至
于傷者吾嘗觀前代騷人如盧
景暉之剪燈新話元嶽之之鶯
鶯傳趙君弼之效顰集羅貫中

之水滸傳丘瓊山之鍾情麗集盧梅湖之懷春雅集周靜軒之秉燭清談其後如意傳于湖記其間語句文確讀者往往不能暢懷不至終篇而掩棄之矣此一傳者雖市井之常談閨房之

碎語使三尺童子聞之如飫天漿而拔鯨牙洞洞然易曉雖不比古之集理趣文墨綽有可觀其他關繫世道風化懲戒善惡滌慮洗心無不小補譬如房中之事人皆好之人皆惡之人非

堯舜聖賢鮮不爲所耽富貴善
良是以搖動人心蕩其素志觀
其高堂大廈雲窗霧閣何深沉
也金屏繡褥何美麗也鬢雲斜
軃春酥滿胸何嬋娟也雄鳳雌
凰迭舞何慇懃也錦衣玉食何

修費也佳人才子嘲風咏月何綢繆也雞舌含香唾圓流玉何濫度也一雙玉腕綰復綰兩隻金蓮顛倒顛何猛浪也旣其樂矣然樂極必悲生如離別之機將與憔悴之容必見者所不能

免也折梅逢驛使尺素寄魚書
所不能無也患難迫切之中顛
沛流離之頃所不能脫也陷命
於刀劍所不能逃也陽有王法
幽有鬼神所不能逭也至于淫
人妻子妻子淫人禍因惡積福

三　五

緣善慶種種皆不出循環之機故天有春夏秋冬人有悲歡離合莫怪其然也合天時者遠則子孫悠久近則安享終身逆天時者身名羅喪禍不旋踵人之處世雖不出乎世運代謝然不

經凶禍不蒙恥辱者亦幸矣吾
故曰笑笑生作此傳者蓋有所
謂也

欣欣子書于明賢里之軒

金瓶梅序　　東吳弄珠客

金瓶梅序

金瓶梅穢書也袁石公亟稱之亦自
寄其牢騷耳非有取於金瓶梅也然
作者亦自有意蓋為世戒非為世勸
也如諸婦多矣而獨以潘金蓮李瓶
兒春梅命名者亦楚檮杌之意也蓋
金蓮以姦死瓶兒以孽死春梅以淫

序　一

東吳弄珠客〈金瓶梅序〉頁一

死較諸婦為更慘耳借西門慶以描畫世之大淨應伯爵以描畫世之小丑諸淫婦以描畫世之丑婆淨婆令人讀之汗下盖為世戒非為世勸也余嘗曰讀金瓶梅而生憐憫心者菩薩也生畏懼心者君子也生歡喜心者小人也生效法心者乃禽獸耳余

友人褚孝秀偕一少年同赴歌舞之筵衍至覇王夜宴少年垂涎曰男兒何可不如此孝秀曰也只為這烏江設此一着耳同座聞之歎為有道之言若有人識得此意方許他讀金瓶梅也不然石公幾為導淫宣慾之尤矣奉勸世人勿為西門之後車可也

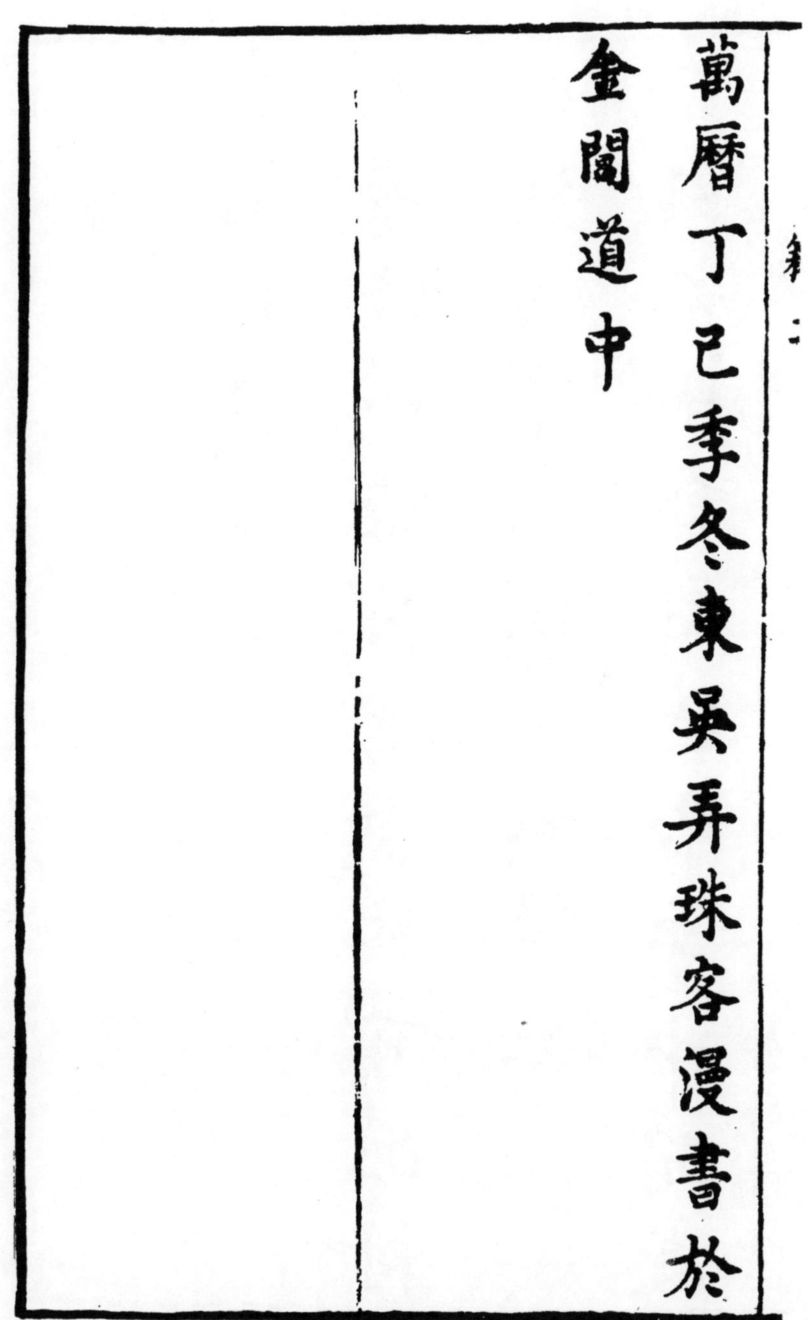
萬曆丁巳季冬東吳弄珠客漫書於金閶道中

頁四

金瓶梅跋 廿公

跋

金瓶梅傳，為

世廟時，一鉅公寓言，蓋有所刺

也，然曲盡人間醜態，其亦

先師不刪鄭衛之旨乎，中間處

跋

廿公〈金瓶梅跋〉頁一

處埋伏因果。作者亦大慈悲矣。今後流行此書。功德無量矣。不知者竟目為淫書。不惟不知作者之旨。併亦冤却流行者之心矣。特為白之。

廿公書

金瓶梅跋　　謝肇淛

金瓶梅跋

金瓶梅一書不著作者名代相傳永陵中有金吾戚里憑怙奢汰淫縱無度而其門客病之採摭日逐行事彙以成編而托之西門慶也書凡數百萬言為卷二十始末不過數年事耳其中朝埜之政務官私之晉接閨闥之媟語市里之猥談與夫勢交利合之態心輸背笑之局桑中濮上之期尊罍枕席之語駔儈之機械意智粉黛之自媚爭妍狎客之從臾逢迎奴僮之稽

謝肇淛〈金瓶梅跋〉頁一

唇淬語窮極境象駴意快心譬之范工摶泥妍媸老少人鬼萬殊不徒肖其貌且并其神傳之信稗官之上乘鑪錘之妙手也其不及水滸傳者以其猥瑣媟嫚無關名理而或以爲過之者彼猶機軸相放而此之面目各别聚有自來散有自去讀者意想不到唯恐易盡此豈可與褒儒俗士見哉此書向無鏤板鈔寫流傳參差散失唯弇州家藏者最爲完好余於袁中郎得其十三於丘諸城得其十五稍爲釐正而闕所未

備以俟他日有嗤余誨淫者余不敢知然溱洧之音聖人不刪則亦中郎帳中必不可無之物也做此者有玉嬌麗然而乖彛敗度君子無取焉（小草齋文集（卷廿四）謝肇淛）

平妖傳序（一）　張譽

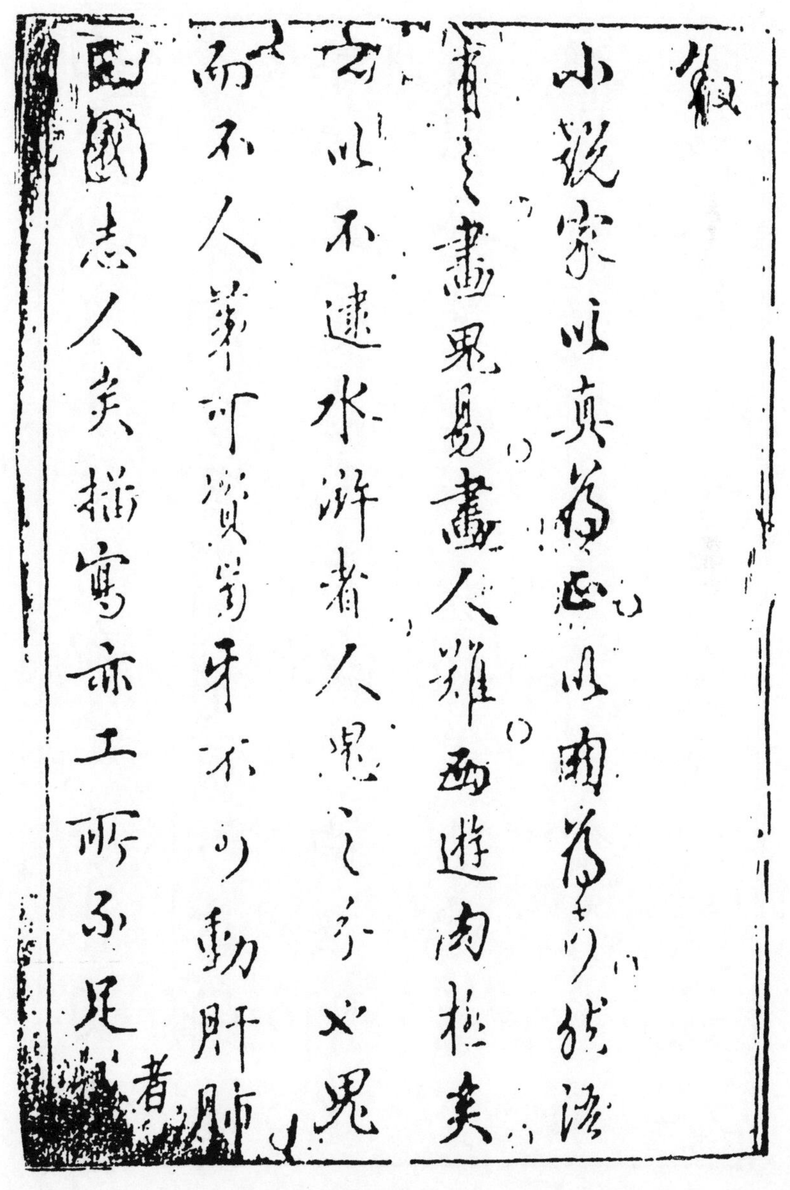

敘
小說家以真爲正以幻爲奇然語
有之畫鬼易畫人難西遊幻極矣
所以不逮水滸者人鬼之分也鬼
而不人第可資齒牙不可動肝肺
三國志人矣描寫亦工所不足者

張譽〈平妖傳序〉（一）頁一

熱耳戲勢不得看那才不能看甚
書多之間多嘗辭諸傳與水滸西
廂也三國志琵琶記也西遊則近
回牡丹亭之類矣他如玉嬌麗金
瓶梅如慧娘作夫人只會記回開
帳簿全不管學得要分索改致水

游而竄者也七國兩漢兩唐宋如弋陽劣戲一味鑼鼓了事效三國志而卑者也西洋記如王巷金家神說謊乞布施效西遊而愚者也王渼山先生每稱三遂平妖傳堪字家游類頑余昔見武林詹刻本

此二十回。裏如晴中閃砲。突如其來。尾如餘時嚼蠟。全無滋味。且張鸞彈子和尚胡永兒及任吳張等。後來全無旋發。而聖姑姑竟不知何物。突然而來。杳然而滅。幾於全書。無疑於羅公出筆。及觀蘇刻。四數借名姬縈結攢簇人鬼之態，畫真幻之長。繼山先生所稱戡去新手。年尤愛其以偽天書之迹跐真天書之孽。妖由人興，此等誘大有關係。聞此書傳自京都一勳臣家抄本，即未必果羅公筆，亦當出自高

手鈔近日作續三國浪史野史書鴟鴞稗叶獲罪名教者比亦可列小說名家故賈人乞余敘也而余許之

康熙元年長至前一日隴西張學寒谷父題

平妖傳序（二）　張無咎

敘

小說家以真為正以幻為奇然語有
之畫鬼易畫人難西遊幻極矣鬼而
不人第可貫蝨手不可動肝肺三國
志人矣描寫而工所不足者幻耳然
勢不得幻非才不能幻其季孟之間

平妖傳序

張無咎〈平妖傳序〉（二）頁一

乎嘗辟諸傳奇水滸西廂也三國志
琵琶記也西遊則近日牡丹亭之類
矣他如玉嬌梨金瓶梅另闢幽蹊曲
中奏雅然一方之言一家之政可謂奇
書無當巨覽其水滸之亞乎他如七
國兩漢兩唐宋如弋陽劣戲一味鑼

鼓了事效三國志而卑者也西洋記
如王巷金家神説謊乞布施效西遊
而愚者也至於續三國志封神演義
等如病人讝語一味胡談浪史野叟
等如老嫗土妓見之歐嘔又出諸雜
刻之下矣王緱山先生每稱羅貫中

三遂平妖傳堪與水滸頡頏余昔見武林舊刻本止二十回開卷即胡員外逢畫突如其來聖姑姑不知何物而張鸞彈子和尚胡永兒及任吳張等後來全無施設方諸水滸未免強弩之末茲刻回數倍前蓋吾友龍子

猶所補也始終結構有原有委備人
鬼之態兼真幻之長余尤表其以僞
天書之誣兆真天書之亂妖縣人興
此等語大有關係即質諸羅公亦云
青出於藍矣使猴山獲觀之其歎賞
又當何如耶書已傳於泰昌改元之

年予猶官遊板毀於火余重訂舊序而刻之予猶著作滿人间小說其一班而並刻又特其小說中之一班云

楚黃張無咎述

乙　清代

第一奇書序　　謝頤

謝頤敘 ①

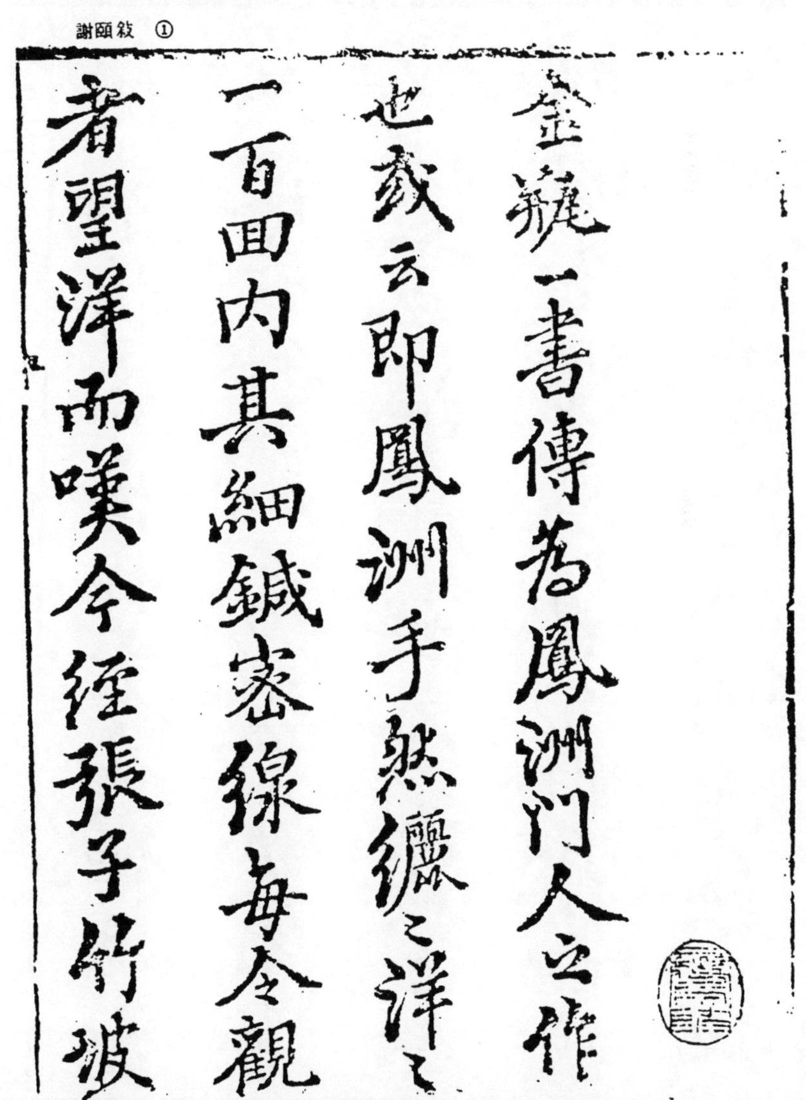

金瓶一書傳為鳳洲門人之作也或云即鳳洲手然纚纚洋洋一百回內其細鍼密線每令觀者望洋而嘆今經張子竹坡

謝頤〈第一奇書序〉頁一

謝頤敘 ②

一批不特點出作者金鐵之細蒐使其黔贓香濃狐竊秦鏡怪窟溫犀無不洞鑒原形的是渾豐盈異舊手而出之者信乎為鳳洲作無疑

謝頤敘　③

之然後知豔異亦淫以其異
而不顯其豔金瓶亦豔以其
不異則止覺其淫故懸鑑
燃犀遂使雪月風花瓶
罄筐梳陳莖落葉諸精

謝頤敘 ④

霧芽物粧嬌逞態以欺世
數百年間一旦潛形無地蜂
蝶畄名杏梅爭色何彼其
猾石眼胡乎向矣跌宕殺人
生憐憫畏懼心今後看官睹

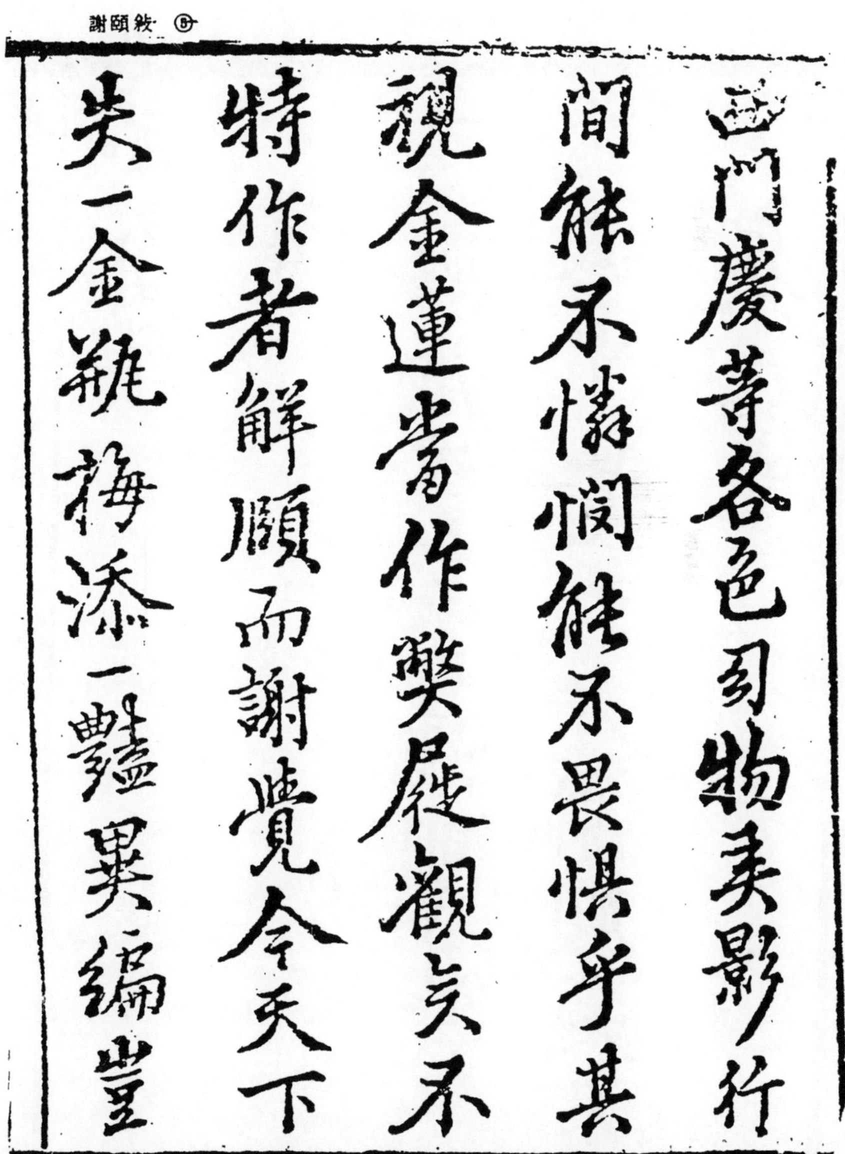

謝頤敘 ⑤

西門慶等各色幻物弄影行間能不憐憫能不畏懼乎其覩金蓮當作敝屣觀矣不特作者解頤而謝覺今天下失一金瓶梅添一豔異編豈

頁五

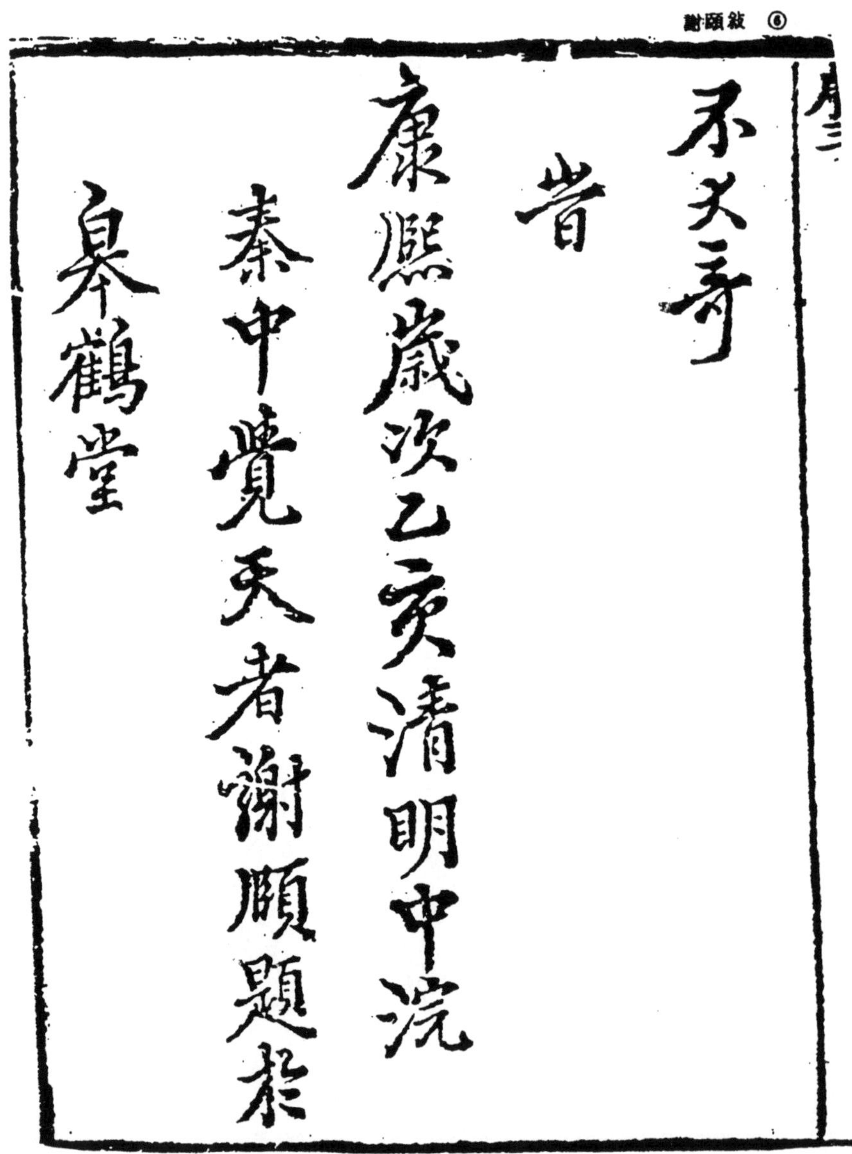
謝頤敘 ⑥

不夭壽

旹

康熙歲次乙亥清明中浣

秦中覺天者謝頤題於

皋鶴堂

第一奇書鍾情傳序　　半痴生

第一奇書鍾情傳序

秋暮旅居澄江偶訪故友朱君見案頭有第一奇書鍾情傳一部余竊以為今之小書無足觀也不過見景生情或敘古人之遺事或傳當世之浮談無非說那忠孝節義死別生離的一番老套遂棄而不顧焉友曰子盍觀乎夫當今之世石印所創新藏書疊出皆才子佳人幽懷密約固不足以擴吾儒之眼界而獨於鍾情傳一書與別家迥異非尋常小說之可比遂起身以武都頭義待大郎先逝金蓮情鍾西門慶一者

半痴生〈第一奇書鍾情傳序〉頁一

指示了匯見全序意之深用詞之達濟困扶危戀情重義意味深長尤足膾炙人口詢可供文人雅士之觀於是袖之歸每于夜靜更闌親自校對付諸梓人以便有志者舟居旅次酒罷茶餘暢懷悅目一覽全豎在之名直可使瞭人縷目睹石點頭處備述全原委以供諸君子過目共賞也可為是序

光緒二十九年歲次癸卯夏月閒雲山人題於滬上

半癡生萍識

續金瓶梅序　　愛月老人

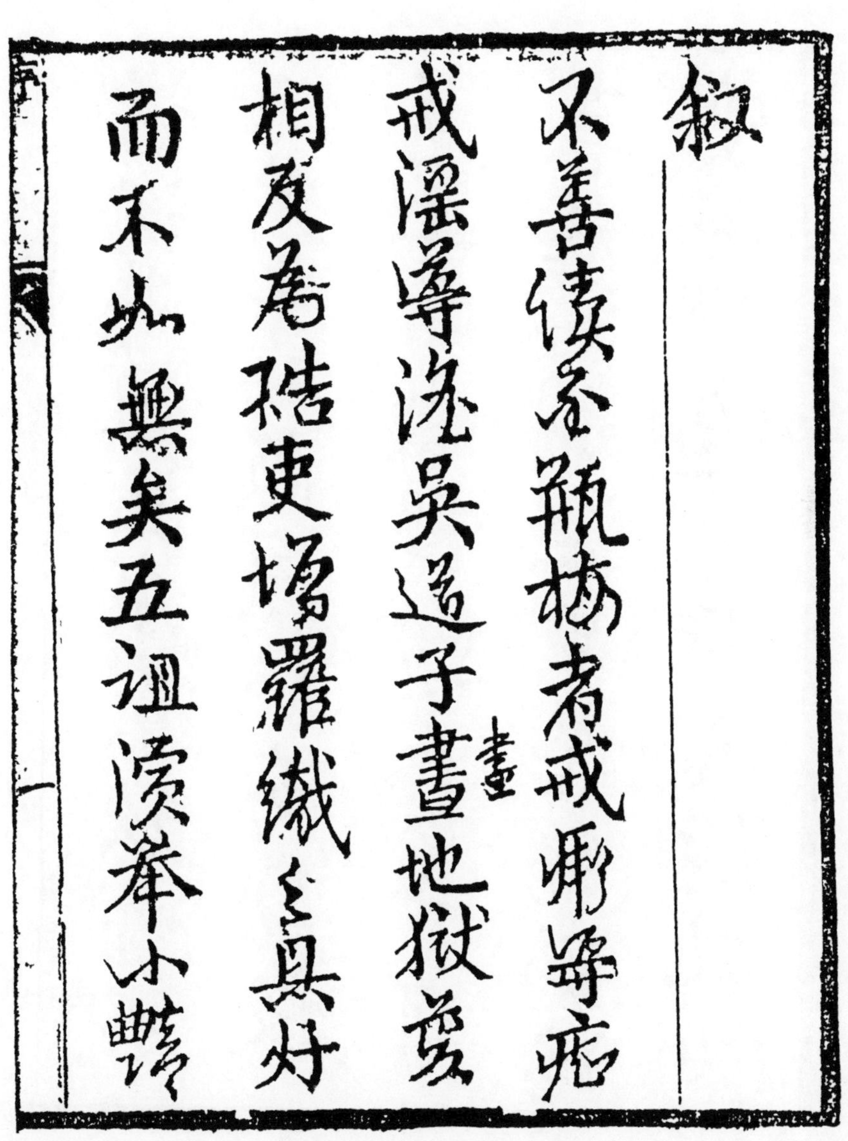
敘
不善讀金瓶梅者戒邪導淫
戒淫導淫吳道子書（畫）地獄變
相反屠沽吏增罪纖之具好
而不如無矣五經讀萃小豔

愛月老人〈續金瓶梅序〉頁一

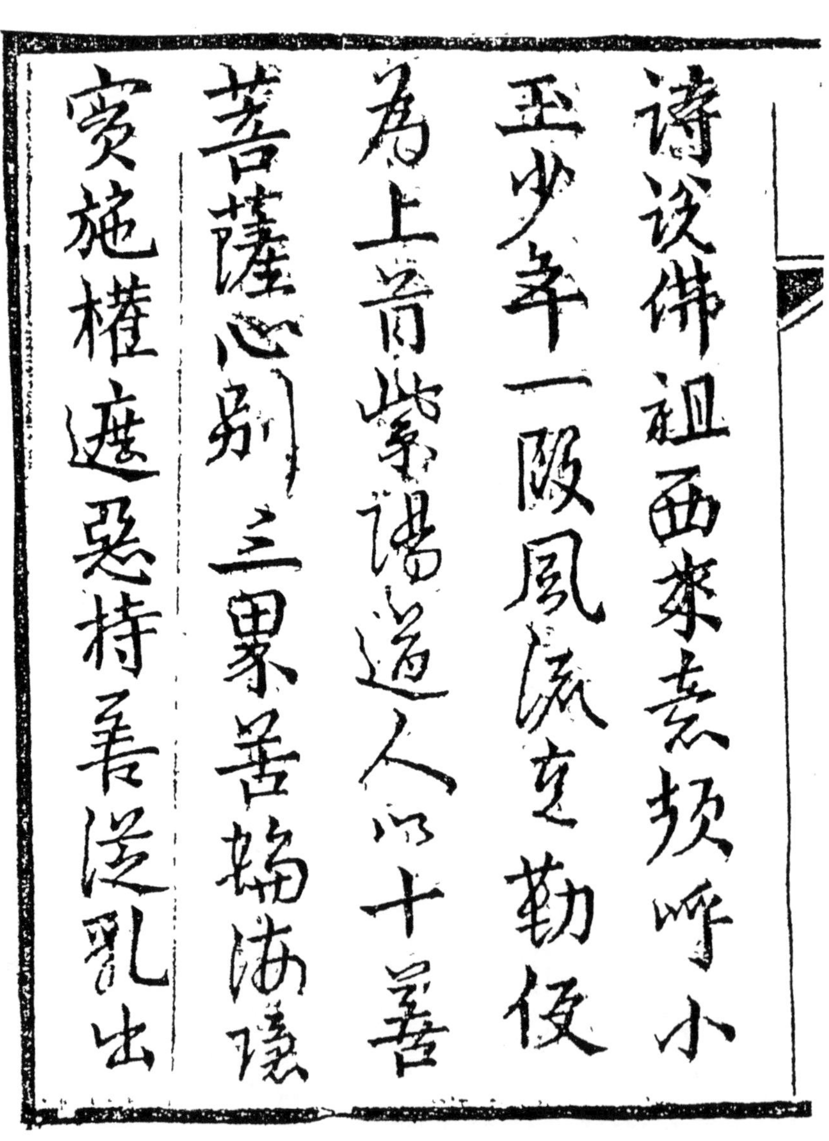
詩談佛祖西來意頻呼小
玉少年一段風流事勸使
為上首紫讚道人以十善
菩薩心別　三界普攝海懷
寬施權遮惡持善從乳出

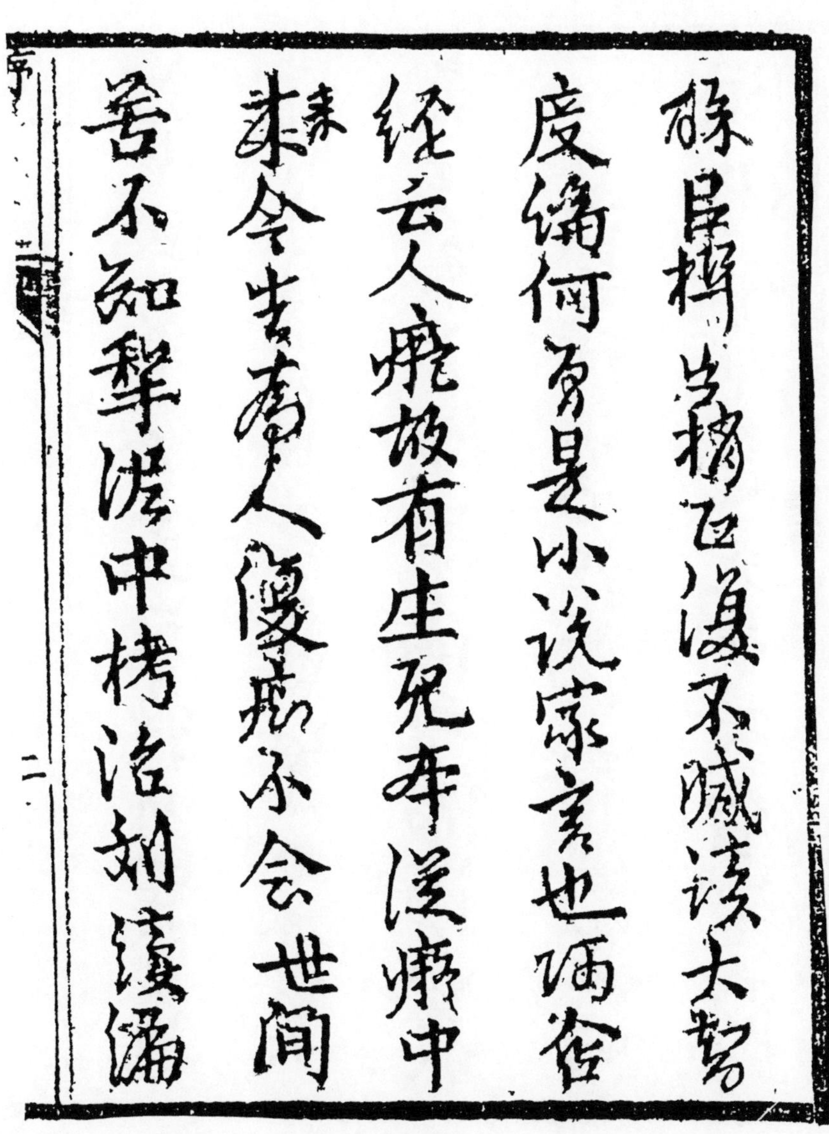

緣是梅尚揭已復不減該大哲
度編何須是小說家言也陋否
經云人鬼故有生死本從癡中
來來今古為人優痴不會世間
苦不知孽海中拷治劫渡編

序　二

頁三

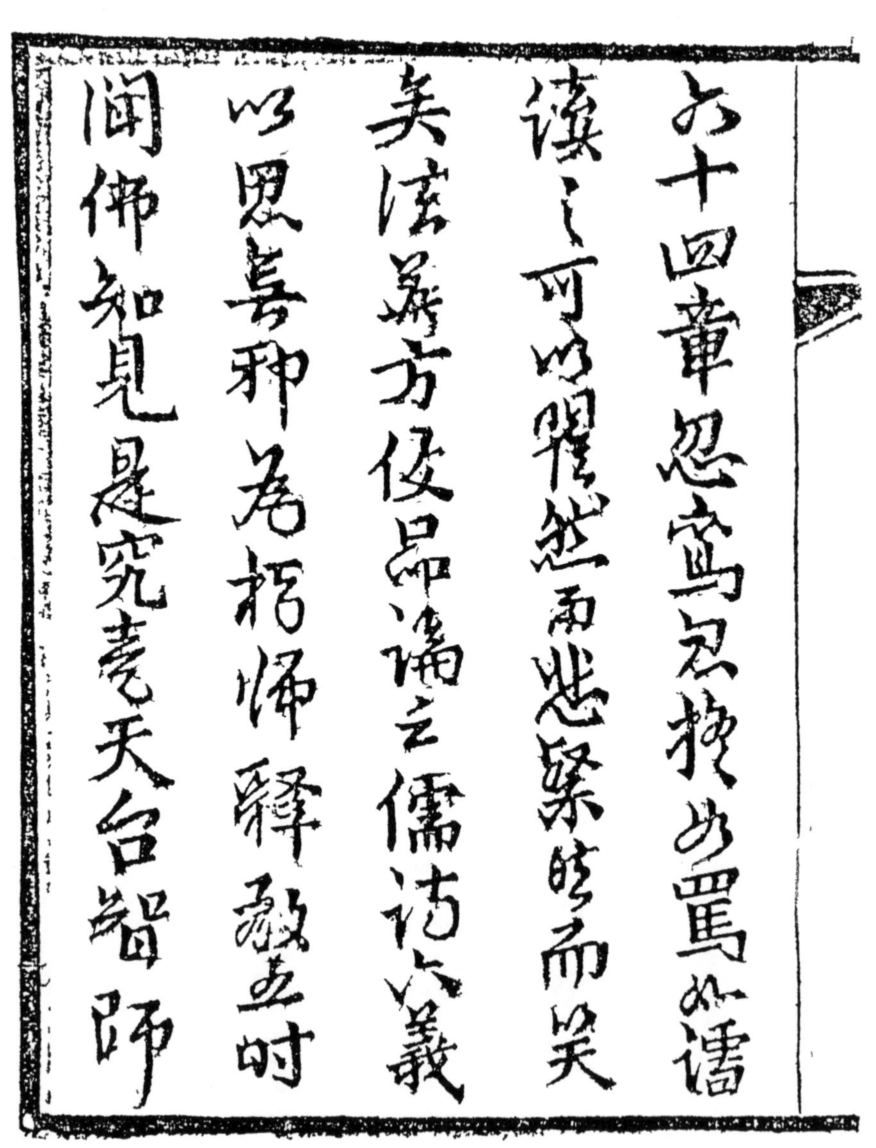
六十四章忽寫兒換出罵如語
讀之可以醒然而悲緊時而笑
矣法華方便品論之儒詩六義
以思無邪為指歸釋教五時
開佛知見是究竟天台智師

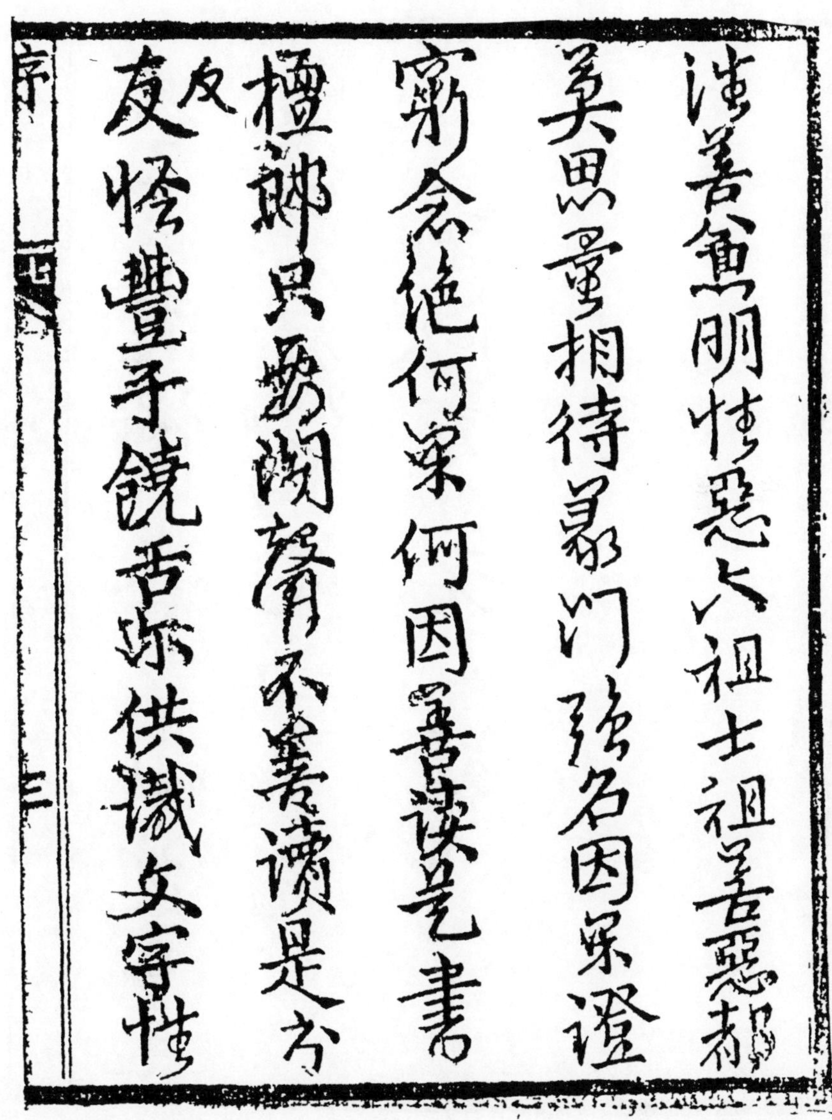
序　七　三

說善無明悟惡人祖士祖善惡都
莫思量相待歸門強名因果證
窮念絕何果何因善談色書
樓禪只要關齋不羨讚是分
反
友悟豐干饒舌你供識文字性

頁五

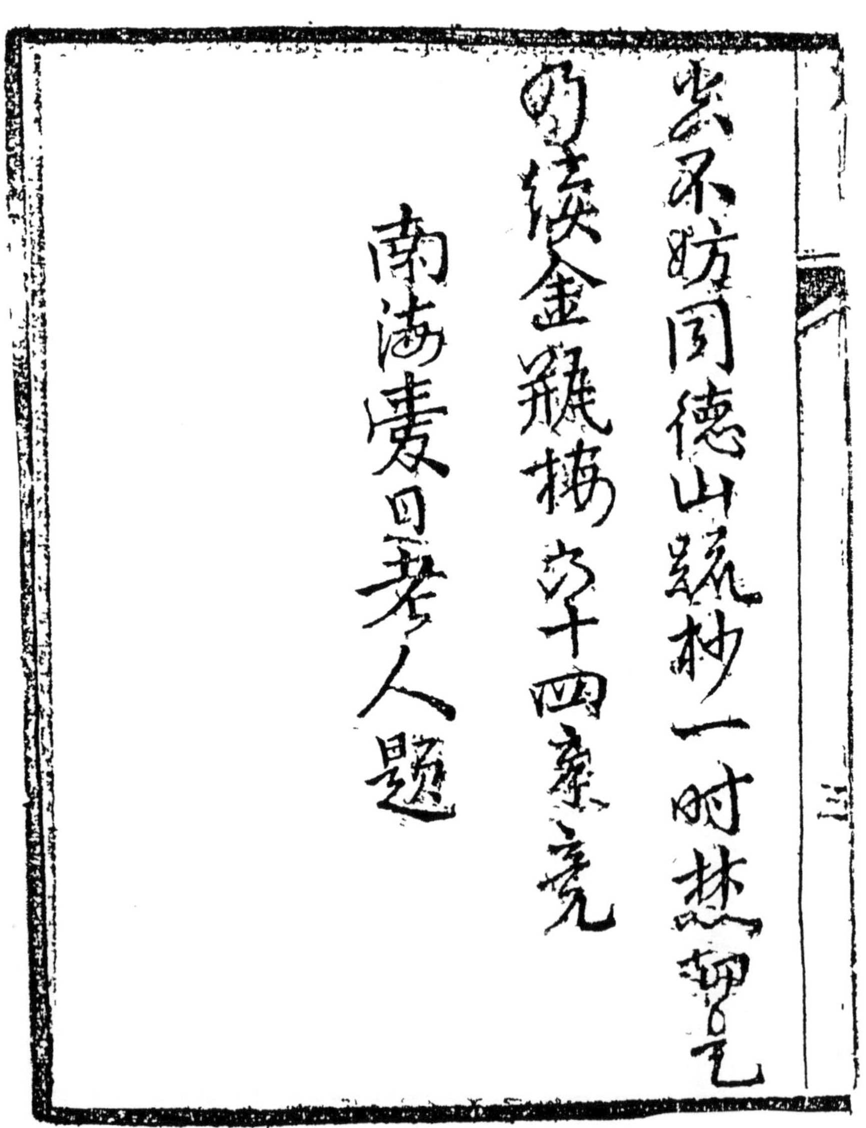

嵩不妨同德山疏抄一时慈智己
明续金瓶梅序十四康亮
南海黄日老人题

續金瓶梅集序　　西湖釣叟

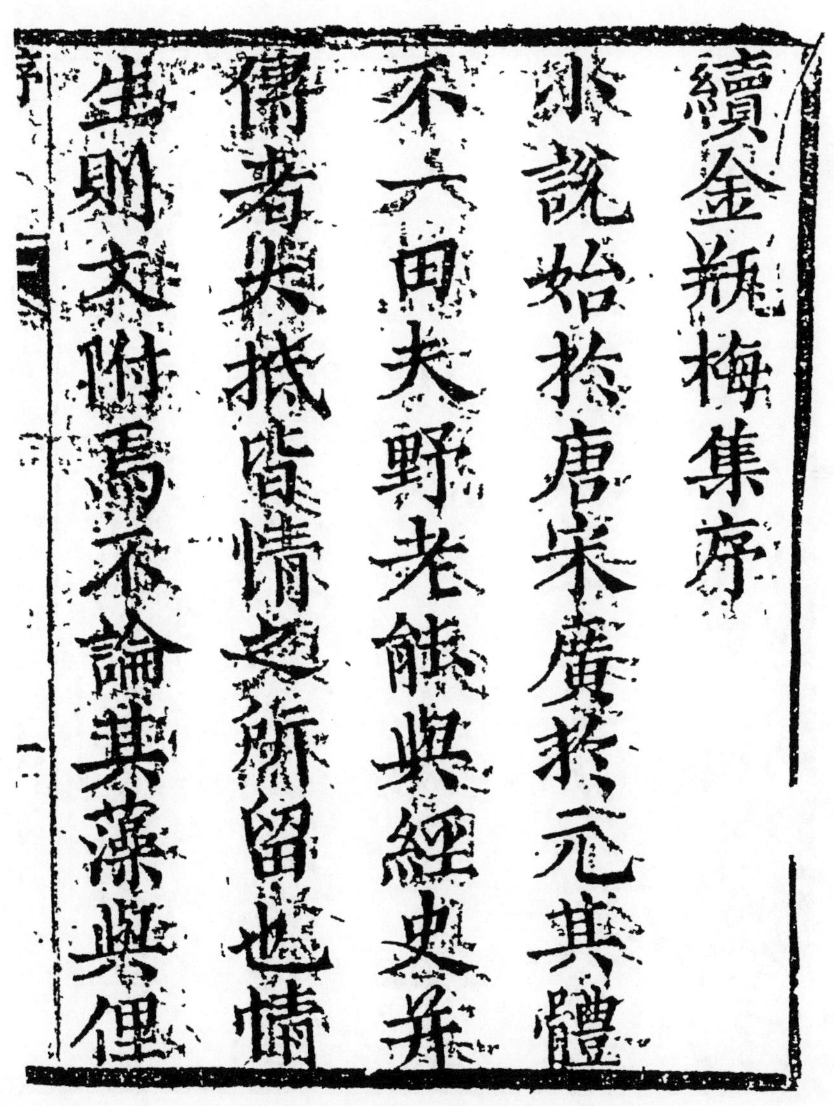

續金瓶梅集序

小說始於唐宋廣於元其體不一田夫野老能與經史並傳者大抵皆情之所留也情生則文附焉不論其藻與俚

西湖釣叟〈續金瓶梅集序〉頁一

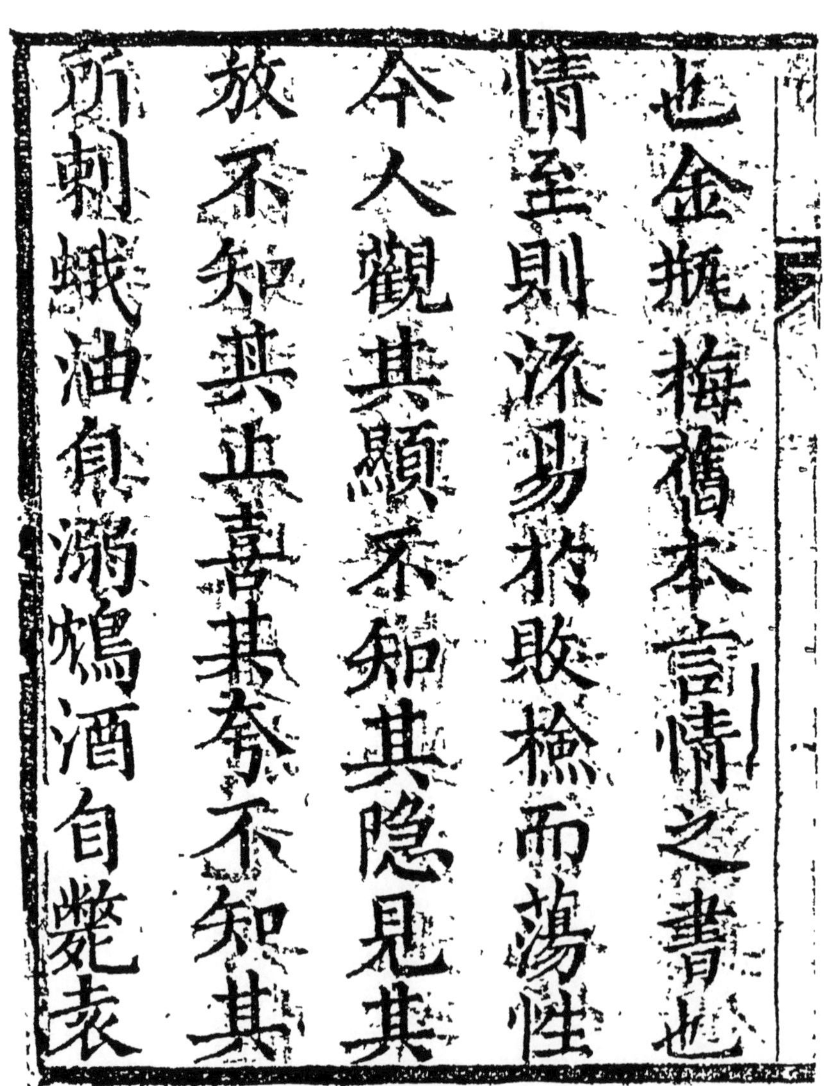
也金瓶梅舊本言情之書也
情至則流易於敗檢而蕩性
今人觀其顯不知其隱見其
放不知其止喜其夸不知其
所刺蛾油自溺鴆酒自斃袁

頁二

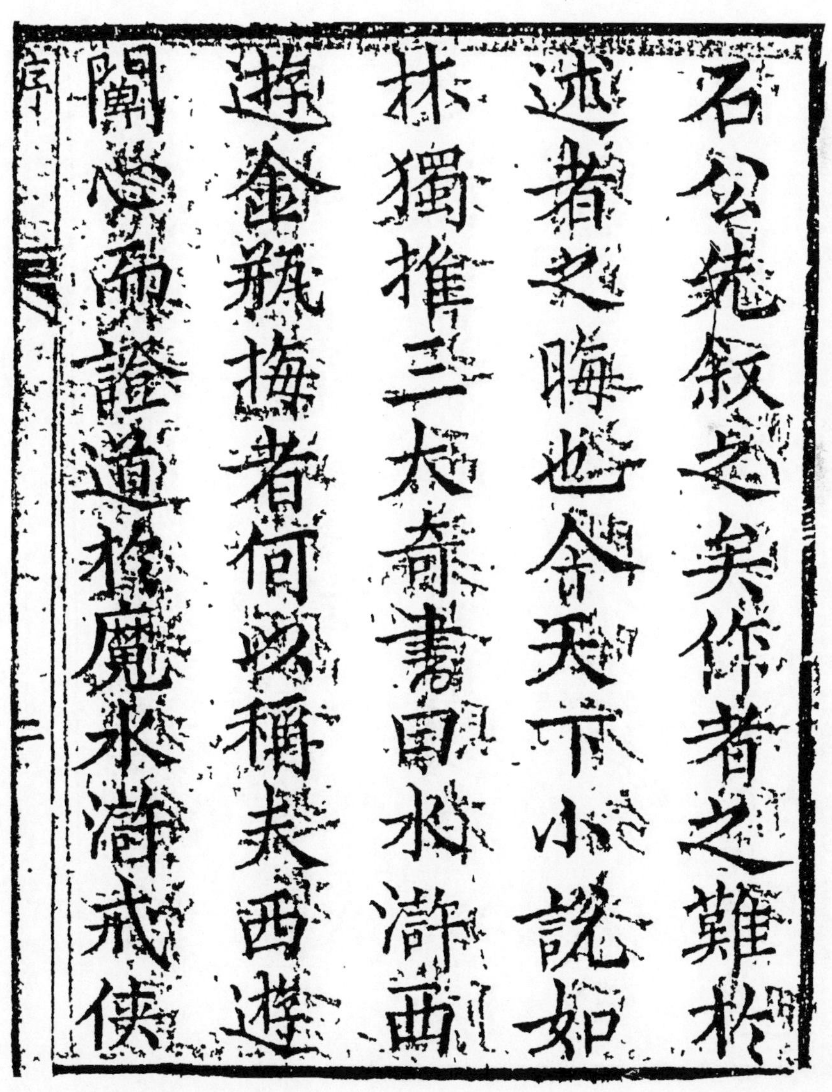
石公先叙之矣作者之難於
述者之晦也今天下小說如
林獨推三大奇書曰水滸西
遊金瓶梅者何以稱夫西遊
闡心而證道於魔水滸戒俠

頁三

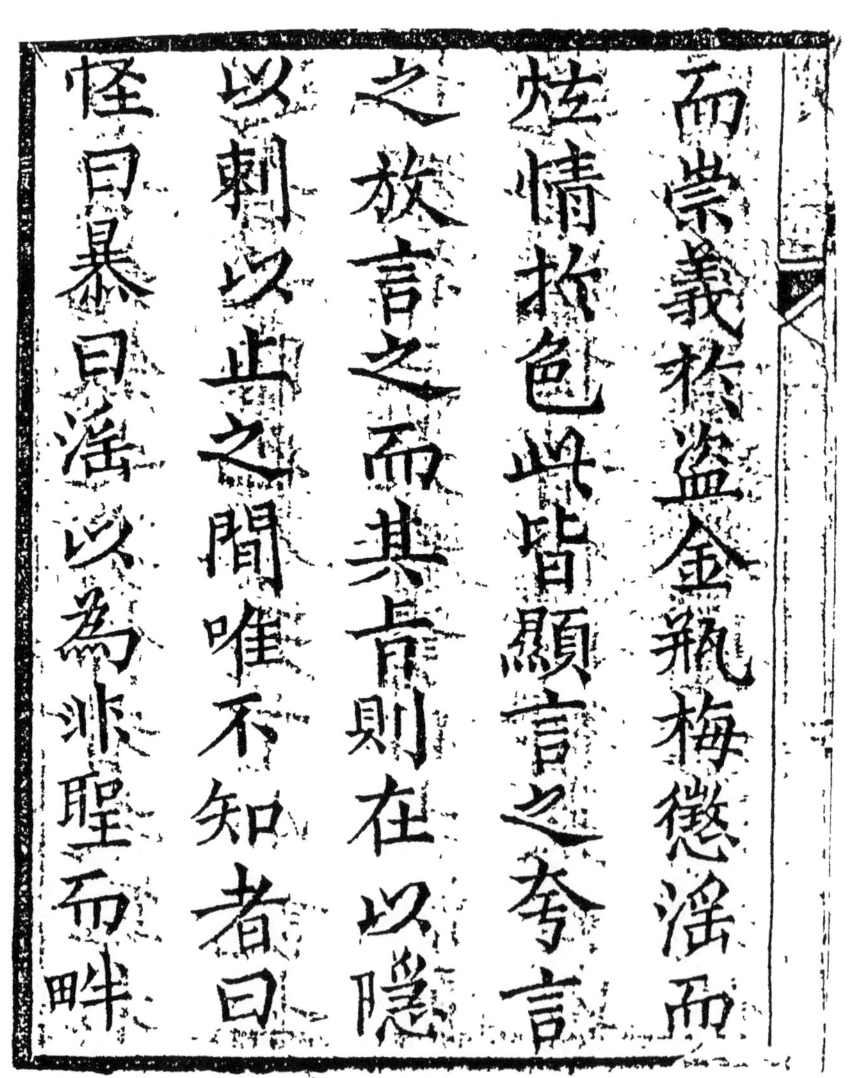
而崇義於盜金瓶梅懲淫而
炫情於色此皆顯言之夸言
之放言之而其旨則在以隱
以刺以止之間唯不知者曰
怪曰暴曰淫以爲非聖而畔

頁四

道焉烏知夫稗官野史足以
翼聖而贊經者正始雲門韶
護不遺夫擊壤鼓缶也夫得
道之精者糟粕也其神理得
道之麤者金石亦等瓦礫顧

頁五

令
人之眼力淺淺耳續金瓶梅
者徵述者不達作者之意遂
上聖明頒行太上感應篇以
金瓶梅為之註脚本陰陽鬼
神以為經取聲色貨利以為

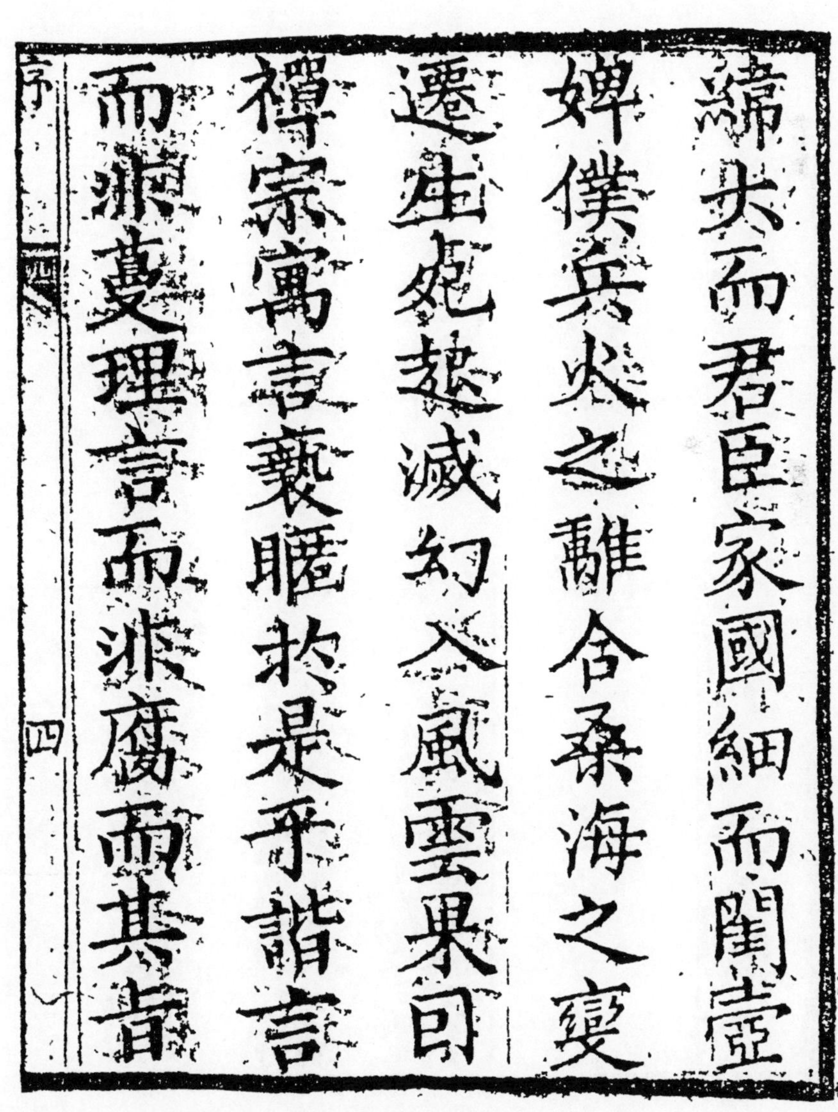

緯夫而君臣家國細而閨壼
婢僕兵火之離合桑海之變
遷生死起滅幻入風雲果因
禪宗寓言褻暱於是乎諧言
而非虐理言而非腐而其旨

序　四

頁七

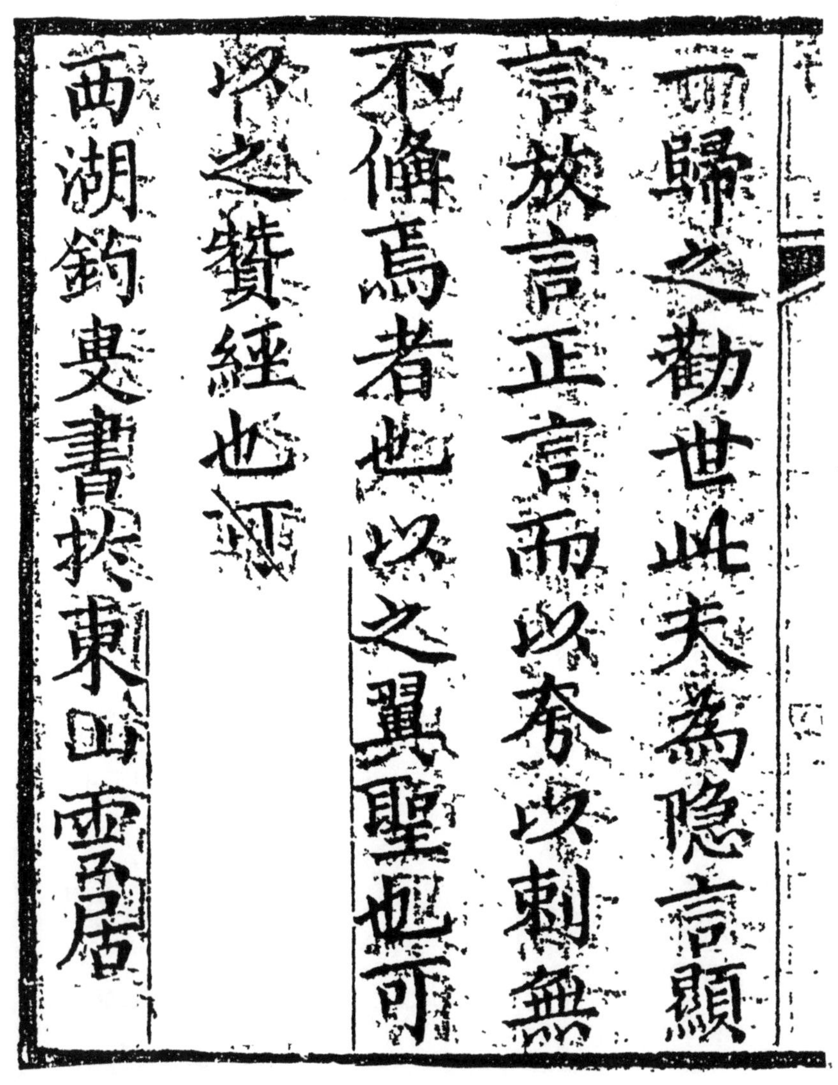

而歸之勸世此夫為隱言顯言放言正言而以奇以刺無不倫焉者也以之翼聖也可以之贊經也
西湖釣叟書於東山雲居

續金瓶梅序　　煙雲洞萸隱

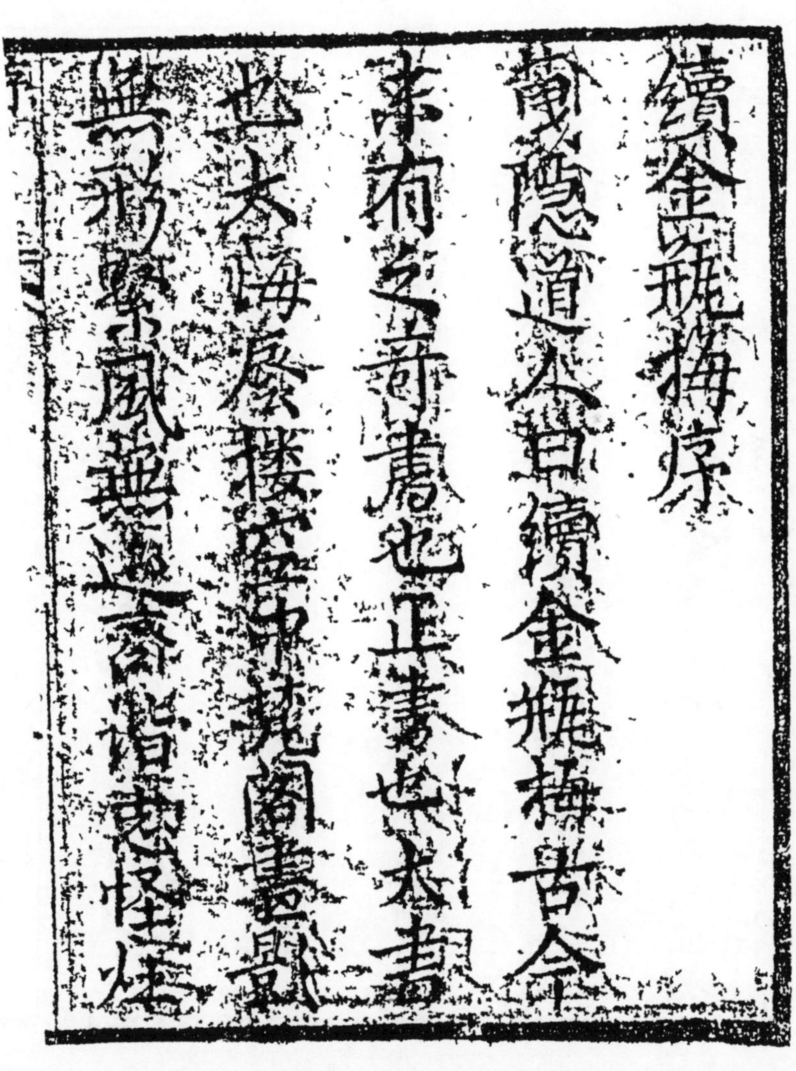

續金瓶梅序
萸隱道人曰續金瓶梅者今
未有之奇書也正書也大書
也太海蜃樓臺中幾閣畫戲
無形影風無遁奇皆鬼怪佳

煙雲洞萸隱〈續金瓶梅序〉頁一

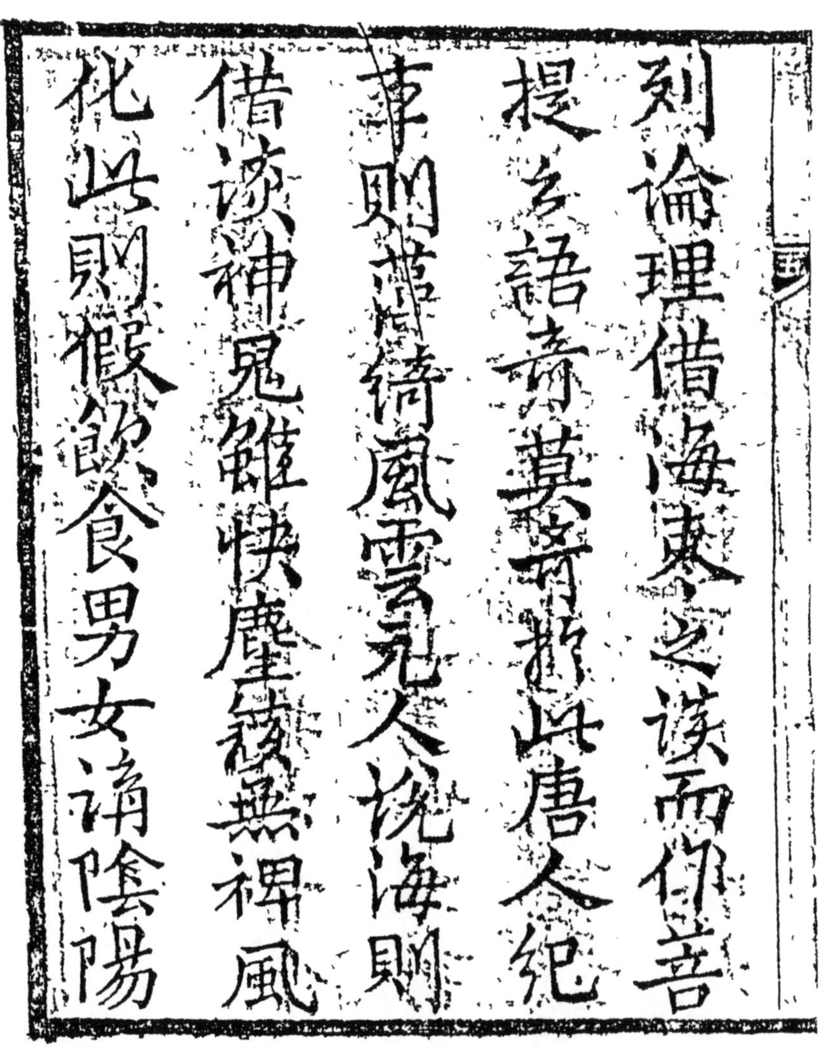

刻論理借海東之談而作音
提玄語奇莫奇於此唐人紀
事則落筆風雲見人說海則
借談神鬼雖快塵談無裨風
化此則假飲食男女譜陰陽

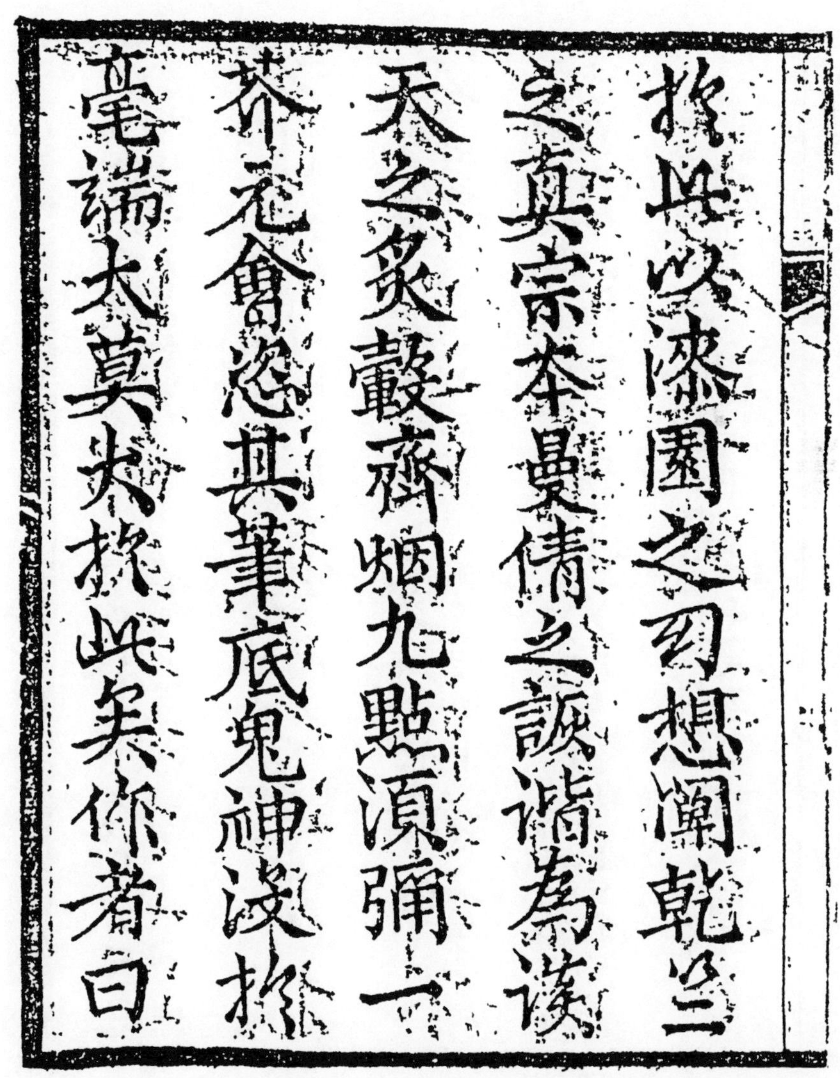

於此以漆園之幻想闡乾坤之真宗本曼倩之詼諧爲談天之炙轂齊烟九點須彌一芥花會悠其筆底鬼神沒於毫端大莫大於此矣作者曰

頁三

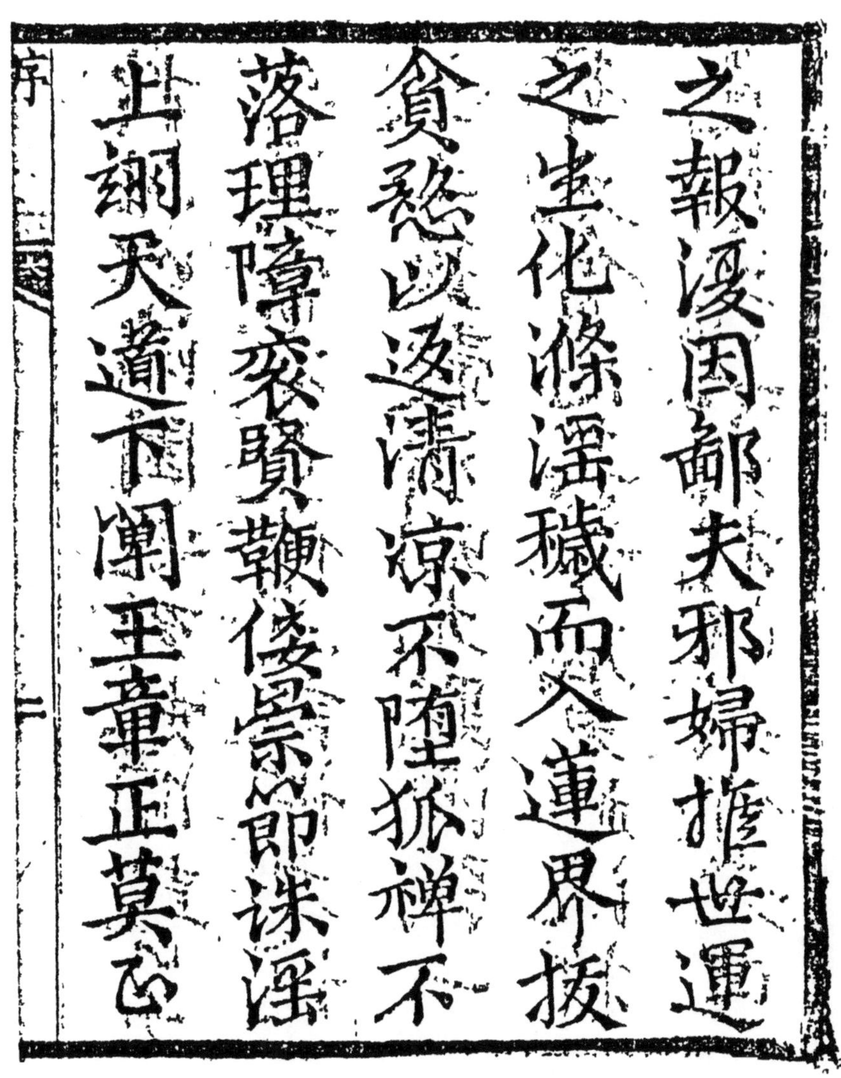
之報湲因郵夫邪婦摧世運
之生化滌溷穢而入蓮界拔
貪愁以返清涼不墮狐禪不
落理障衮贒鞭僂崇節誅淫
上翊天道下闡王章正莫亞
序

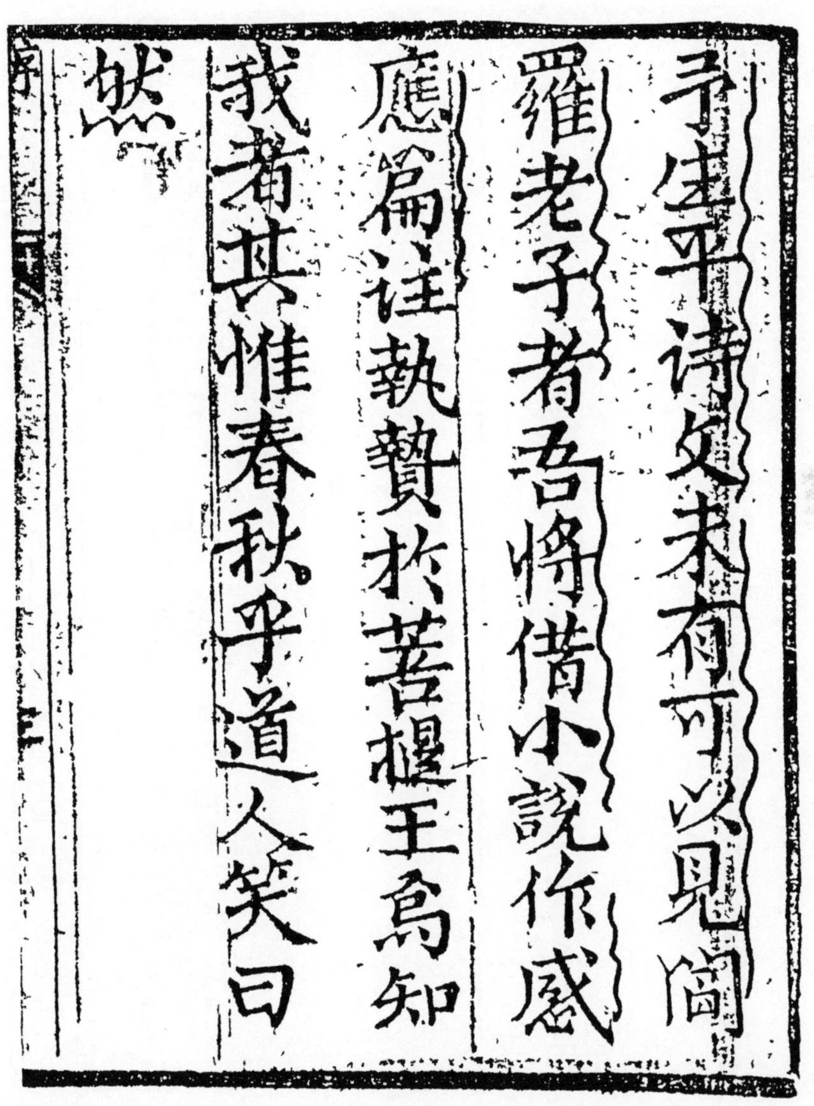
予生平詩文未有可以見閻羅老子者吾將借小說作感應篇註執贄於菩提王爲知我者其惟春秋乎道人笑曰然

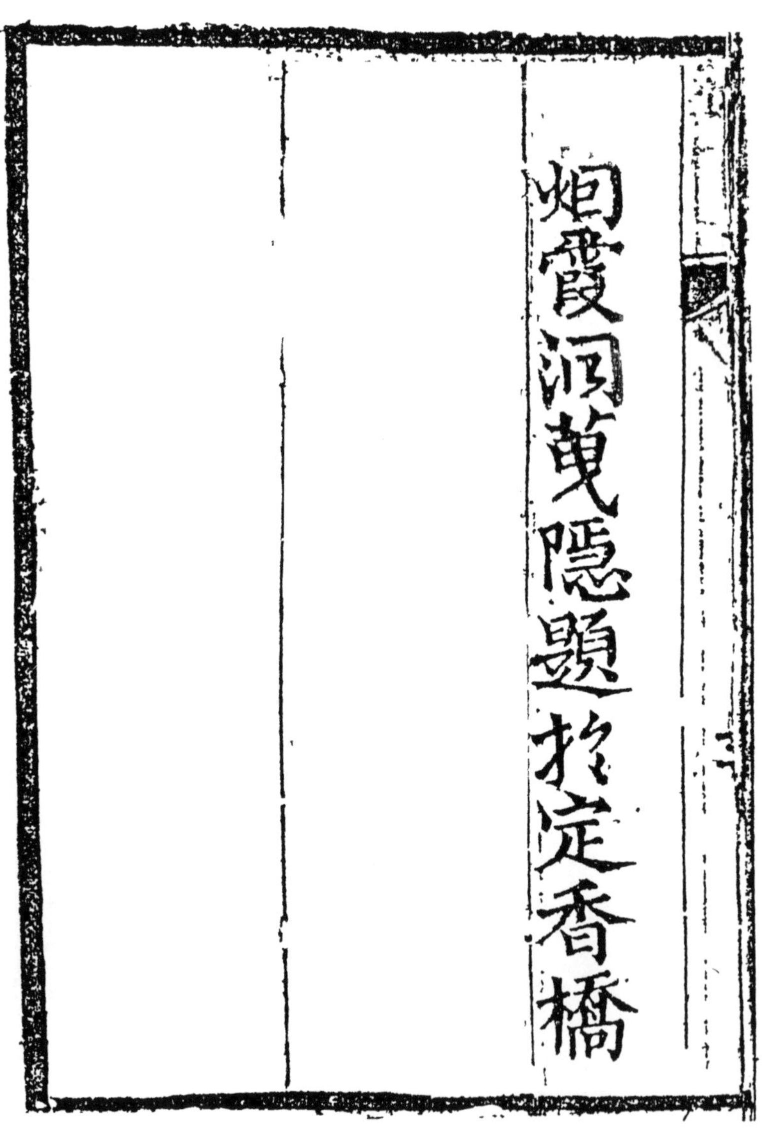

烟霞洞費隱題於定香橋

續金瓶梅凡例　　紫陽道人

續金瓶梅　凡例

一茲刻以因果為正論借金瓶梅為戲談恐正論而不入誠淫說則樂觀故於每回起首先將感應篇鋪叙評說方入本傳賓多主少別是一格

一小說以水滸西遊金瓶梅三大奇書為宗皆不宜用之乎者也等字句近覩時作小有書柬活套似失演義正體故一切不用間有採用四六等句法效唐人小說者亦即時改入白話不敢粉飾竄酸

一此刻原欲戒淫中有遊戲等語不免復犯淫語恐法語之言與前集不合故借潘金蓮春梅後身說法每回中略為

續金瓶梅　一　凡例

紫陽道人〈續金瓶梅凡例〉頁一

敷演旋以正論收結使人動心而生悔慎

小說類有詩詞前集名爲詞話多用舊曲今因題附以新詞参入正論較之他作頗多佳句不至有直露鄙俚之病

前集中年月故事或有不對者如應伯爵已死今言復生曾悞傳其死一句點過前言孝哥年已十歲今言七歲離散出家無非言幼小孤孀存其意不願小失也客中並無前集迫于時日故或錯說觀者略之

一　前集止於西門一家婦女酒色飲食言笑之事有益京揚提督上本一二段至來年金兵方入殺周守備而山東亂矣此書直接大亂爲南北宋之始附以朝廷君臣忠佞貞

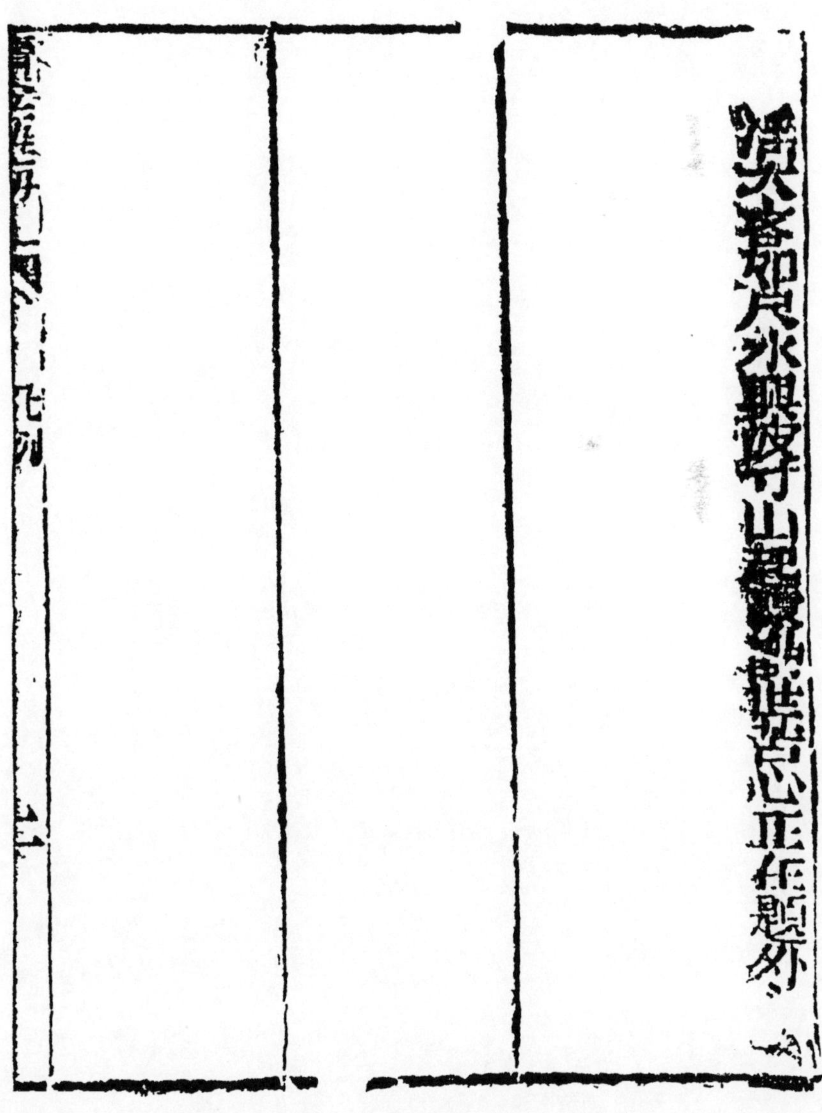
讀大奇書如尺水興波寸山起霧其志正在題外

頁三

滿文譯本金瓶梅序　　哈斯寶

試觀，大凡編撰故事者，或揚善懲惡，以結禍福，或悞心申德，以召詩文，或明理論性，譬以他物；或褒正疾邪，以斷忠奸；雖屬稗官，然無不備善。《三國演義》、《水滸傳》、《西遊記》、《金瓶梅》等四部書，在平話中稱為四大奇書，而《金瓶梅》堪稱之最。凡一百回為一百戒，篇篇都是朋黨爭鬥、鑽營告密，褻瀆貪飲、荒淫奸情、貪贓豪取、恃強欺凌、構陷詐騙、設計妄殺、窮極逸樂、誣謗傾軋、讒言離間之事耳。然于修身齊家有益社稷之事者無一件。

西門慶鴆毒武大，（武大）旋飲潘金蓮之藥而斃命。潘金蓮以藥殺夫，終被武松以利刃殺之。至若西門慶奸他人之妻，而其妻妾與其婿家奴通奸之。

吳月娘瞞夫將女婿藏入家中，奸西門慶之妾，家中淫亂。吳月娘並無廉恥之心，竟恃逞于殷天錫。來保褻瀆，而蔡京等人欺君妄上，賄賂公行，僅二十年間身為刑徒，其子亦被正法，奸黨皆坐罪而落荒。

西門慶心滿意足，一時巧于鑽營，然終不免貪欲喪命。西門慶臨死之時，有喊叫的，有逃走的，有詐騙的，不啻燈吹火滅，眾依附者亦皆如花落木枯而敗亡。報應之輕重宛如秤戥權衡多寡，此乃無疑也。西門慶尋歡作樂莫逾五、六年，其諂媚、鑽營、作惡之徒亦可為非二十年，而其惡行竟可致萬世鑒戒。

自尋常之夫妻、和尚、道士、姑子、拉麻、命相士、卜卦、方士、樂工、優人、妓女、雜戲、商賈，以至水陸雜物、衣用器具、嘻戲之言、俚曲、無不包羅萬象，敘述詳盡，栩栩如生，如躍眼前。此書實可謂四奇中之佼佼者。

此書乃明朝間儒生盧楠為斥嚴嵩嚴世蕃父子所著之說，不知確否？此書勸戒之意，確屬清楚，故翻譯之。余趁閑暇之時作了修訂。觀此書者，便知一回一戒，惴惴思懼，篤心而知自省，如是才可謂不悖此書之本意。倘若津津樂道，效法作惡，重者家破人亡，輕者身殘可惡，在所難免，可不慎乎！可不慎乎！至若不懼觀污穢淫靡之詞者，誠屬無稟賦之人，不足道也。如是作序。

康熙四十七年五月穀旦序。

繪圖眞本金瓶梅序[1]　蔣敦艮

囊游禾郡，見書肆架上有鈔本金瓶梅一書，讀之與俗本迥異。為小玲瓏山館藏本（按小玲瓏山館為淮陽鹺商馬氏，藏書極富），贈大興舒鐵雲，因與贈其妻甥王仲瞿者，有考證四則，其妻金氏加以旁注，而元美作書之宗旨乃揭之以出。書價索值五百金，乃謀諸應觀察以四百金購得之。此書久列禁書之中，儒林羞道之，實不知其微妙雅訓乃爾。（按此書大約有二本，馬本外惟隨園本。曾詢諸倉山舊主，據云：幼時猶及見之，洪楊之劫，園既被毀，書亦不知所在云云）。用是嘆作偽者之心勞日拙，而忠臣孝子之心，卒能皎然自白于天下後世。分宜之富貴，東樓之貪侈，熏灼朝野數十年，已等于飄風之過耳。元美之口誅筆伐，已快于九世之復仇。則此書之得以留遺，經一二名人之護持寶玩，完好如故，未始非天之勸善懲惡，有以陽相之也。此意曾以應觀察道及之，擬集眾力，付諸剞劂。觀察以蒙禁書之嫌，故遲回而未有以應人之好事，誰不如我，後豈無仲瞿其人乎？吾將完此書以待之。

同治三年二月蔣敦艮識。

1　錄自《繪圖真本金瓶梅》，存寶齋印行，一九一六年五月出版，全二冊。此本乃後人偽纂。

第二輯

論評

甲　明代

與董思白（書牘）　袁宏道

一月前，石簣見過，劇談五日。已乃放舟五湖，觀七十二峰紀勝處，游竟復返衙齋，摩霄極地，無所不談，病魔為之少却，獨恨坐無思白耳。

《金瓶梅》從何得來？伏枕略觀，雲霞滿紙，勝于枚生〈七發〉多矣。後段在何處？抄竟當于何處倒換？幸一的示。[1]

觴政（節文附酒評）　袁宏道

袁中郎所作《觴政》一文，前有序言，後有酒評，內分十六條目，曰：一之〈吏〉、二之〈徒〉、三之〈容〉、四之〈宜〉、五之〈遇〉、六之〈候〉、七之〈戰〉、八之〈祭〉、九之〈刑典〉、十之〈掌故〉、十一之〈刑書〉、十二之〈品〉、十三之〈杯杓〉、十四之〈飲儲〉、十五之〈飾〉、十六之〈飲具〉；涉及《金瓶梅》一書之目，是第十目的〈掌故〉。文曰：

「凡六經《語》、《孟》所言飲式，皆酒經也。其下則汝陽王《甘露經酒譜》、王績《酒經》、劉炫《酒孝經》、貞元《飲略》、竇子野

1　見《袁宏道集箋校》。董其昌，字思白。此信于萬曆二十四年丙申，即一五九六年，在吳縣作。句吳袁氏書種堂本「思白」作「李伯時」，宋人龍眠也。

《酒譜》、朱翼中《酒經》、李保績《北山酒經》、胡氏《醉鄉小略》、皇甫崧《醉鄉日月侯白酒律》、諸飲流所著記傳賦誦等為內典。《蒙莊》、《離騷》、《史》、《漢》、《南北史》、《古今逸史》、《世說》、《顏氏家訓》、《陶靖節》、《李》、《杜》、《白香山》、《蘇玉局》、《陸放翁》諸集為外典。詩餘則柳舍人、辛稼軒等，樂府則董解元、王實甫、馬東籬、高則誠等；傳奇則《水滸傳》、《金瓶梅》等為逸典。不熟此典者，保面甕腸，非飲徒也。」

酒評

「丁未夏日，與方子公諸友，飲月張園，以飲戶相角，論久不定，余為評曰：『劉元定如雨後鳴泉，一往可觀，苦其意竟；陶孝若如俊鷹獵兔，擊搏有時；方子公如游魚狎浪，喁喁終日；丘長孺如吳牛嚙草，不大利快，容受頗多；胡仲修如徐娘風情，進念其盛時；劉元質如蜀後主思鄉，非其本情；袁平子和武陵以年說劍，未識戰場；龍君超如德山未遇龍潭時，自籌勝地；袁小脩如狄青破崑崙關，以奇制眾。』」

與謝在杭[2]（書牘）　袁宏道

今春謝胖來，念仁兄不置。胖落莫甚，而酒肉量不減。持數剌謁貴人，皆不納，此時想已南。仁兄近況何似？《金瓶梅》料已成誦，何久不見還也？弟山中差樂，今不得已，亦當出。不知佳晤何時？葡萄社光景，便已八年，歡場數人如雲逐海風，倏爾天末，亦有化為異物者，可感也。

2　此信乃後人偽纂，參閱魏子雲：〈論袁宏道給謝肇淛的這封信〉，《金瓶梅審探》，頁55-68。

山林經濟籍（觴政跋）　　屠本畯[3]

不審古今名飲者，曾見石公所稱逸典否？按《金瓶梅》流傳海內甚少，書帙與《水滸傳》相埒。相傳嘉靖時，有人為陸都督炳誣奏，朝廷籍其家。其人沉冤，托之《金瓶梅》。王大司寇鳳洲先生家藏全書，今已失散。往年予過金壇，王太史宇泰出此，云以重貲購抄本二帙。予讀之，語句宛似羅貫中筆。復從王徵君百穀家，又見抄本二帙，恨不得睹其全。如石公而存是書，不為托之空言也。否則石公未免保面甕腸。）

遊居柿錄[4]　袁中道

往晤董太史思白，共說小說之佳者。思白曰：「近有一小說名《金瓶梅》，極佳。」予私識之。後從中郎真州，見此書之半，大約模寫兒女情態俱備，乃從「水滸傳」潘金蓮演出一支。所云金者，即金蓮也；瓶者，李瓶兒也；梅者，春梅婢也。舊時京師，有一西門千戶，延一紹興老儒于家。老儒無事，逐日記其家淫蕩風月之事，以西門慶影其主人，以餘影其諸姬。瑣碎中有無限烟波，亦非慧人不能。追憶思白言及此書曰：「決當焚之。」以今思之，不必焚，不必崇，聽之而已。焚之亦自有存者，非人力所能消除。但《水滸》崇之則誨盜；此書誨淫，有名教之思者，何必務為新奇以惊愚而蠢俗乎？

3　屠本畯卒于一六二二年。

4　寫于萬曆四十二年，即一六一四年。

味水軒日記　李日華[5]

萬曆四十三年乙卯，（十一月）五日（一六一五年十二月五日），伯遠攜其伯景倩所藏《金瓶梅》小說來。大抵市諢之極穢者，而鋒焰遠遜「水滸傳」，袁中郎極口贊之，亦好奇之過。

野獲編　沈德符[6]

袁中郎〈觴政〉以《金瓶梅》配《水滸傳》為外典，予恨未得見。丙午，遇中郎京邸，問：「曾有全帙否？」曰：「弟睹數卷，甚奇快。今惟麻城劉延白承禧家有全本，蓋從其妻家徐文貞錄得者。」又三年，小脩上公車，已攜有其書，因與借抄挈歸。吳友馮猶龍見之驚喜，慫慂書坊以重價購刻；馬仲良時榷吳關，亦勸予應梓人之求，可以療飢。予曰：「此等書必遂有人板行，但一刻則家傳戶到，壞人心術，他日閻羅究詰始禍，何辭置對？吾豈以刀錐博泥犁哉！」仲良大以為然，遂固篋之。未幾時，而吳中縣之國門矣。然原本實少五十三回至五十七回，遍覓不得，有陋儒補以入刻，無論膚淺鄙俚，時作吳語，即前後血脈，亦絕不貫串，一見知其贋作矣。聞此為嘉靖間大名士手筆，指斥時事，如蔡京父子則指分宜，林靈素則指陶仲文，朱勔則指陸炳，其他各有所屬云。中郎又云：「尚有名《玉嬌李》者，亦出此名士手，與前書各設報應因果。武大後世化為淫夫，上蒸下報；潘金蓮亦作河間婦，終以極刑；西門慶則一騃憨男子，坐視妻妾外

5　李日華一五六五年——一六三五年，字君實，浙江嘉興人，萬曆壬辰進士。

6　沈德符，字虎臣，號景倩，浙江嘉興人，萬曆四十六年舉人。一六四二年卒，著有《清灌堂集》、《萬曆野獲編》。

遇，以見輪迴不爽。」中郎亦耳剽，未之見也，去年抵輦下，從邱工部六區（志充）得寓目焉，僅首卷耳，而穢黷百端，背倫滅理，幾不忍讀。其帝則稱完顏大定，而貴溪、分宜相構亦暗寓焉。至嘉靖辛丑庶常諸公，則直書姓名，尤可駭怪！因棄置不復再展。然筆鋒恣橫酣暢，似尤勝《金瓶梅》。邱旋出守去，此書不知落何所。

天爵堂筆餘卷二　　薛岡[7]

往在都門，友人關西文吉士，以抄本不全《金瓶梅》見示。余略覽數回，謂吉士曰：「此雖有為之作，天地間豈容有此一種穢書，當急投秦火。」後二十年，友人包巖叟以刻本全書寄敝齋，予得盡覽。初頗鄙嫉，及見荒淫之人，皆不得其死，而獨吳月娘得善終，頗得勸懲之法。但西門慶當受顯戮，不應使之病死。簡端序語有云：「讀金瓶梅而生憐憫心者，菩薩也；生畏懼心者，君子也；生歡喜心者，小人也；生效法心者，禽獸耳！」序隱姓名，不知何人所作，蓋確論也。所宜焚者，不獨金瓶梅，四書笑浪史，當與同作坑灰。李氏焚書，存而不論。

7　薛岡，鄞人，與屠隆同里。布衣，有《天爵堂集》及《天爵堂筆餘》。崇禎年間仍在世。

陶庵夢憶・不系園　張岱[8]

甲戌（1634）十月，攜楚生住不系園看紅葉。至定香橋，客不期而至者八人：南京曾波臣，東陽趙純卿，金壇彭天錫，諸暨陳章侯，杭州楊與民、陸九、羅三，女伶陳素芝。余留飲。章侯攜縑素為純卿畫古佛，波臣為純卿寫照，楊與民彈三弦子，羅三唱曲，陸九吹簫。與民復出寸許界尺，據小梧，用北調說《金瓶梅》一劇，使人絕倒。是夜，彭天錫與羅三、與民串本腔戲，妙絕：與楚生、素芝串調腔戲，又復妙絕。章侯唱村落小歌，余取琴和之，牙牙如語。……

8 張岱，字宗子，又字石公，號陶庵，又號蝶庵，四川劍州人，後遷居浙江山陽。生于明萬曆二十五年（1597），約卒于清康熙二十四年以後。《陶庵夢憶》乃其晚年著作。

乙　清代

續金瓶梅第三十一回　　（丁耀亢）紫陽道人

詩曰：彩雲開處見仙人，莫把仙人便認真。
柳葉自然描翠黛，桃花原是點抹唇。
手中扇影非為扇，足下塵生不是塵。
如肯參禪不屎橛，須知糞溺有香津。

這八句詩單說做詩講道的人，借色談禪，看書的人休得認假作真。那《金瓶梅》前集說的潘金蓮和春梅葡萄架風流淫樂一段光景，看書的人到如今津津有味。說到金蓮好色把西門慶一夜弄死，不消幾日與陳敬濟通奸，把西門慶的恩愛不知丟到那裏去了。春梅和金蓮與敬濟偷情，後來受了周守備專房之寵，生了兒子做了夫人，只為一點淫心又認陳敬濟做了兄弟，縱欲而亡。兩人公案甚明，爭奈後人不看這後半截，反把前半樂事垂涎不盡。如不說明來生報應，這點淫心如何冰冷得。如今說起兩人托生來世姻緣，有多少美事，多少不美事，如不裝點的活現，人不肯信；如裝點的活現，使人動起火來，又說我續《金瓶梅》的依歸導欲宣淫，不是借世說法了。只得熱一回，看官們癢一陣，酸一陣，才見端的造幻丹青變幻無窮。

幽夢影（附：江含徵評語）　張潮[1]

《水滸傳》是一部怒書，《西遊記》是一部悟書，《金瓶梅》是一部哀書。

江含徵曰：不會看《金瓶梅》而只學其淫，是愛東坡者但喜吃東坡肉耳。

重評石頭記評語　脂硯齋

庚辰本第十三回眉批：寫個個皆到，全無安逸之筆，深得《金瓶梅》堂奧。

甲戌本第二十八回眉批：此段與《金瓶梅》內西門慶、應伯爵在李桂姐家飲酒一回對看，未知熟家生動活潑？

庚辰本第六十六回寫柳湘蓮因尤三姐事對寶玉跌足道：「你們東府里除了那兩個石頭獅子乾淨，只怕連貓兒狗兒都不乾淨。我不做這剩忘八！」其下有雙行夾批：奇極之文，趣極之文。《金瓶梅》中有云：「把忘八的臉打綠了，」已奇之至。此云「剩忘八」，豈不更奇。

歧路燈自序　李祿園

古有四大奇書之目，曰盲左，曰屈騷、曰漆莊，曰腐遷。迨于後世，則坊間襲四大奇書之名，而以《三國》、《水滸》、《西遊》、《金瓶梅》冒之。嗚呼！果奇也乎哉。《三國志》者，即陳承祚之書而演

1　張潮，一六五〇——？，安徽歙縣人，字山來，一字心齋，以歲貢官翰林孔目。編有《昭代叢書》、《檀几叢書》、《虞初新志》、《幽夢影》。

為稗官者也。承祚以蜀而仕于魏，所當之時，固帝魏寇蜀之日也。壽本左袒于劉，而不得不尊夫曹，其言不無閃灼于其間。再傳而為演義，徒便于市兒之覽，則愈失本來面目矣。即如孔明，三國時第一人也，曰澹泊，曰寧靜，是固具聖學本領者。〈出師表〉曰：「先帝知臣謹慎，故臨終托臣以大事。」此即臨事而懼之心傳也。而《演義》則曰附耳低言，如此如此，不幾成兒戲場耶？亡友鄉城郭武德曰「幼學不可閱坊問《三國志》，一為所溷，再則讀承祚之書，魚目與珠無別矣。」淮南盜宋江三十六人，肆暴行虐，張叔夜擒獲之，而稗說加以替天行道字樣，鄉曲間無知惡少，倣而行之，今之順刀手等會是也。流毒草野，釀禍國家。然則三世皆啞之孽報，豈足以蔽其教猱升木之餘辜也哉！若夫《金瓶梅》，誨淫之書也。亡友張揖東曰，此不過道其是之所曾經，與其意之所欲試者耳。而三家村冬烘學究，動曰此左國史遷之文也。余謂不通左史，何能讀此；既通左史，何必讀此？老子云：「童子無知而棱舉」。此不過驅幼學于禾札，而速之以蒿里歌耳。至于《西遊》，乃取陳玄奘西域取經一事，幻而張之耳。玄奘河南偃師人，當隋大業年間，隨估客而西。迨歸，當唐太宗時。僧臘五十六，葬於偃師之白鹿原。安所得捷如猿猱、痴若豚豕之徒，而消魔掃障耶？惑世誣民，佛法所以肇于漢而沸于唐也。余嘗謂唐人小說，元人院本，為後世風俗大蠱。偶閱闕里孔雲亭《桃花扇》，豐潤董恒岩《芝龕記》，以及近今周韵亭之《憫烈記》，喟然曰：吾故謂填詞家當有是也。藉科諢排場問，寫出忠孝節烈，而善者自卓千古，醜者難保一身，使人讀之為軒然笑，為潸然泪，即樵夫牧子厨婦爨婢，皆感動于不容己。已視王實甫《西廂》、阮園海《燕子箋》等出，皆桑濮也，詎可暫注目哉！因仿此意為撰《歧路燈》一冊，田父所樂觀，閨閣所願聞。子朱子曰：「善者可以發人之善心，惡者可以懲創人之逸志」。友人皆謂于綱常彝倫間，煞有發明。蓋閱三十歲以于今迨而始成書。前半筆意綿密，中以舟車海內，輟筆者二十年。後半筆意不逮前茅，識者諒我桑榆可也。空中樓閣，毫無依傍，至于姓氏，或與海內賢達偶而雷同，絕非影射。若謂有心含沙，自應墜入拔舌地獄。乾隆丁酉八月白露之節，碧圃老人題于東皋麓樹之陰。

閱紅樓夢隨筆[2]　周春

天下閱《紅樓夢》者，俗人與金瓶梅一例，仍為導淫之書，能論其文筆若何，已屬難得……。蓋此書每于姓氏上着意，作者又長于隱語庾詞，各處變換，極其巧妙，不可不知。

袁石公遺事錄[3]　袁照

《金瓶梅》一書，久已失傳，後世坊間有一書襲取此名，其書鄙穢百端，不堪入目，非石公取作「外典」之書也。觀此記，謂原書借名蔡京、朱勔諸人，為指斥時事而作，與坊間所傳書旨迥別，可證。

銷夏閑記　顧公燮[4]

太倉王忬家藏「清明上河圖」，化工之筆也。嚴世蕃強索之；忬不忍舍，乃覓名手摹贗者以獻。先是，忬巡撫兩浙，遇裱工湯姓，流落不偶，携之歸，裝璜書畫，旋薦于世蕃。當獻畫時，湯在側，謂世

2　〔清〕周春：《閱紅樓夢隨筆．紅樓夢約評》。

3　袁照、袁宏道之五世孫，曾于同治間編《袁石公遺事錄》。

4　顧公燮，吳人，字丹午，號澹湖。徐樹丕《識小錄》，梁章鉅《浪迹叢談》，也記有偽畫致禍事。

蕃曰：「此圖某所目睹，是卷非真者，試觀麻雀小腳，而踏二瓦角，即此便知其偽矣。」世蕃瘖甚，而亦鄙湯之為人，不復重用。會俺答入寇大同，忬方總督薊遼，鄢懋卿嗾御史方輅劾忬御邊無術，遂見殺。後范長白公（允臨）作「一捧雪傳奇」，改名「莫懷古」，蓋戒人勿懷古董也。忬子鳳洲世貞痛父冤死，圖報無由。一日偶謁世蕃，世蕃問：「坊間有好看小說否？」答曰：「有」，又問：「何名？」倉卒之間，鳳洲見金瓶中供梅，遂以《金瓶梅》答之。但字跡漫滅，容抄正送覽。退而構思數日，借《水滸傳》西門慶故事為藍本，緣世蕃居西門，乳名慶，暗譏其閨門淫放。而世蕃不知，觀之大悅，把玩不置。相傳世蕃最喜修腳，鳳洲重賂修工，乘世蕃專心閱書，故意微傷腳迹，陽搽爛藥，後漸潰腐，不能入值。獨其父嵩在閣，年衰遲鈍，票本批擬，不稱上旨。上寖厭之，寵日以衰，御史邵應龍等乘機劾奏，以至于敗。噫！怨毒之于人，甚矣哉！

新譯紅樓夢總錄　　哈斯寶[5]

論來世界上最真莫過于綱常，最假不外乎財色。綱常中，君臣、朋友、夫婦是相結相合的，而父子、兄弟則有如同源之水，同根之木，流分枝離，並不是自來非真。但又出現假父假子假兄假弟這一等人，從根本上就是假的，何能不假。富貴則假可成真，貧賤則真亦

---

5 哈斯寶，生活在道光咸豐年間，蒙族文學批評家。《新譯紅樓夢》譯于一八四七至一八五四年。第九回回批、〈總錄〉節錄自亦鄰真譯《新譯紅樓夢回批》。哈斯寶解說《紅樓夢》的成書，大談財色、冷熱、真假，顯然接受了張竹坡評點《金瓶梅》的影響，並在〈總錄〉中直接引述了《張竹坡閑話》中「富貴而假者可真，貧賤而真者亦假。富貴熱也，熱則無不真；貧賤冷也，冷則無不假。不謂冷熱二字，顛倒真假，一至于此，然而冷熱亦無定矣。今日熱而明日冷，則今日之真者，悉為明日之假者矣。」

成假。富貴是熱，熱則莫不成真，其真即是假。貧賤是冷，冷則莫不成假，其假中亦有真。不唯熱冷二字可將真假顛倒到如此地步，且那熱冷本身亦是無定的。今日冷而明日熱，則今日之真全是明日之假。咳，自來是欲業使人迷于財色，由財色生冷熱，冷熱攪亂真假。彼輩作偽，為行其奸謟，使我輩之真皆致貽害。所以一展卷便論真假，結尾又講冷熱。

既有假父假子，自有假母假女。既有假兄假弟，便有假妯娌。既有假夫婦，當有假媵妾。既有假親戚，自有假孝子。看到他們的假，便能測知他們的冷熱。我守真，我自盡孝。但是彼輩上蔽我主，下誤我黎民，且害我宗族，使我欲作忠臣而成為不忠，欲作義士而成為無義，于是有此書成。寫成此書，豈不就能以墨水洗恨，以筆劍報仇麼？呵，可歎可悲！

我就是這樣解說，這樣批評的。……

妙復軒評石頭記・讀法[6]　張新之

《紅樓》一書，不惟膾炙人口，亦且鐫刻人心，移易性情，較《金瓶梅》尤造孽，以讀者但知正面，不知反面也。間有巨眼能見知矣，而又以恍惚迷離，旋得旋失，仍難脫累。閑人批評，使作者正意，書中反面，一齊湧現，夫然後聞者足戒，言者無罪，豈不大妙。……

《紅樓夢》是暗《金瓶梅》，故曰意淫。《金瓶梅》有「苦孝說」，因明以孝字結，此則暗以孝字結。至其隱痛，較作《金瓶梅》者尤

6　錄自《妙復軒評石頭記・石頭記讀法》。張新之，號太平閑人，又號妙復軒。《妙復軒評石頭記》刊于道光三十年，即一八五〇年。

深。《金瓶》演冷熱，此書亦演冷熱。《金瓶》演財色，此書亦演財色。……

紅樓夢評　　諸聯

書本脫胎于《金瓶梅》，而褻漫之詞，淘汰至盡。中間寫情寫景，無些黏牙後慧。非特青出於藍，直是蟬蛻于穢。

春雨草堂別集金瓶梅條[7]　　官偉繆

《金瓶梅》相傳為薛方山先生筆，蓋為楚學政時，以此維風俗，正人心。又云趙儕鶴公所為，陸錦衣炳住京師西華門，豪奢素著，故以西門為姓。後有《續金瓶梅》，乃山東丁大令野鶴撰，隨奉嚴禁，故其書不傳。

茶香室叢鈔　　俞樾

今《金瓶梅》尚有流傳本，而《玉嬌李》則不聞有此書矣。余從前在書肆中見有名「隔簾花影」者，云是《金瓶梅》後本。余未披覽，不知是否有此書也。

7 錄自《春雨草堂別集》卷七〈續庭聞州世說〉道光年抄本，題署：海陵宮偉鏐紫陽述，男夢仁定山重訂。

桃花聖解庵日記　　李慈銘

閱《孟鄰堂文鈔》，其〈與明史館提調吳子瑞書〉，辨王民望、唐荊川事，謂：「民望之死，非由于荊州。民望逮下獄時，荊川在南討倭，已逾七月。至次年冬，民望死西市；而荊川已先半載卒于泰州舟中。可證野史言弇州兄弟遣客刺荊川死之妄。」其說甚確。然引萬季野說云：「民望與鄢懋卿同年相契，力懇其劾以求罷。懋卿謂上疏于邊事嚴，喜怒不可測，止勿劾。民望乃自屬草，付其門人方輅上疏劾之。帝果大怒，遂下獄論死。」是民望之死，實自為之，與嚴氏亦無涉。然果爾，則弇州兄弟，何以切齒分宜？世蕃之刑，至實其一胛持歸祭墓，熟而啖之。據沈德符《野獲編》言，介溪以弇州兄弟皆得第，責怒世蕃，謂其不肖，世蕃遂謀中傷之。而民望聞楊忠愍之死，為之悲嘆，屬其子振卹其家，禍以此起。他書亦言分宜因弇州與忠愍游，又經紀其喪。適以求古畫于民望不得，怒遂不解。蓋論者謂以張擇端「清明上河圖」，荊川指其中一人閉口喝六，證為贋物，固屬附會東坡指李公麟畫故事。而王氏父子結衅嚴氏，則果有之事也。如楊氏言，即以荊川閱兵劾疏，實陽為民望解，鄢懋卿又力沮民望之求劾，似其死全出世宗意矣。

茶餘客話[8]（節錄）　　阮葵生

第十八　金瓶梅

《繡像水滸傳》鏤板精致，藏書家珍之，錢遵王列于書目，其像為陳洪綬筆。袁中郎〈觴政〉以《金瓶梅》配《水滸傳》為「外」「逸」

8　〔清〕阮葵生：《茶餘客話》，《明清筆記叢刊》（上海市：中華書局，1959年）。

典，版刻亦精。此書為嘉靖中一大名士手筆，指斥時事，如：蔡京父子指分宜，林靈素指陶仲文，朱勔指陸炳。又云：有《玉嬌李》一書，亦出此名士手，與前書各設報應，當即世所傳之《後金瓶梅》。前書原本少五十三回至五十七回，今所刊者，陋儒所補，膚淺，且多作吳語。後來惟《醒世姻緣傳》，仿佛得其筆意。然二書皆托名齊魯人，何耶？

寒花盦隨筆　　作者不詳

世傳《金瓶梅》一書，為王弇州先生手筆，用以譏嚴世蕃者。書中西門慶，即世蕃之化身，世蕃小名慶，西門亦名慶，世蕃號東樓，此書即以西門對之。或又謂此書為一孝子所作，用以復其父仇者。蓋孝子所識一鉅公，實殺孝子父，圖報累累皆不濟。後忽偵知鉅公觀書時，必以指染沫翻其書葉。孝子乃以三年之力，經營此書。書成粘毒藥于紙角，觀鉅公出時，使人持書叫賣于市曰：「天下第一奇書。」鉅公于車中聞之，即索觀。車行及其第，書已觀訖，嘖嘖嘆賞，呼賣者問其值，賣者竟不見。鉅公頓悟為人所算，急自營救，已不及，毒發遂死。今按：二說皆是。孝子即鳳洲也，鉅公為唐荊川。鳳洲之父忬，死于嚴氏，實荊川僭之也。姚平仲「綱鑒挈要」，載殺巡撫王忬事，註謂：「忬有古畫，嚴嵩索之。忬不與，易予摹本。有識畫者，為辨其贋。嵩怒，誣以失誤軍機殺之。「但未記識畫人姓名。有知其事者，謂識畫人即荊川。古畫者，『清明上河圖』也。鳳洲既抱終天之恨，誓有以報荊川，數遣人往刺之。荊州防衛甚備。一夜，讀書靜室，有客自後握其髮，將如刃。荊州曰：「余不逃死，然須留遺書囑家人。」其人立以俟。荊川書數行，筆頭脫落，以管就火，佯為治筆，管即毒弩，火熱機發，鏃貫刺客喉而斃。鳳洲大失望。後遇于朝房，荊川曰：「不見鳳洲久，必有所著。」答以《金瓶梅》。其實鳳洲無所撰，姑以誑語應爾。荊州索之切。鳳洲歸，應召梓工，旋撰旋刊，以毒水濡墨刷印，奉之荊川。荊川閱書甚急，墨濃紙粘，卒不可揭，乃屢以指潤口津揭書，書盡，毒發而死。或傳此書為毒死東樓者，不知東樓自正法，毒死者，實荊川也。彼謂「以三年之力成書」，及「巨公索觀于車中」云云，又傳聞異詞者爾。不解荊川以一代巨儒，何渠甘為嚴氏助虐，而卒至身食其報也？

秋水軒筆記　　作者不詳

唐順之條上海防善後九事，嘉靖三十九年春，汛期至，力疾泛海，度焦山，至通州卒，年五十四。赴聞，予祭葬。順之，武進人，吾鄉先達也。相傳順之有一仇家，以重金購得《金瓶梅》原本，而以砒霜浸制其卷葉；順之閱書最速，以手指蘸口津隨看隨蘸，及卷竟而唇麻木，遂中毒死。以正史較之，則故里傳言之訛可知也。正史又云：「順之于學無所不觀，自天文、樂律、地理、兵法、弧矢、勾股、壬奇、禽乙，莫不究極原委，此言亦有據。鄉人相傳，順之寓居青果巷盤谷樓，其樓梯曲折而盤屈，登者不易，順之筆硯幾席之間，常有伏弩，以防人行刺云云。今盤谷樓歸劉氏，余每過之，輒低迴不忍去。

雜說[9]　　吳趼人

……《金瓶梅》、《肉浦團》，此著名之淫書也。然其實皆懲淫之作。此非獨著者之自負如此。即善讀者亦能知此意，固非余一人之私言也。顧世人每每指為淫書，官府且從而禁之，亦可見善讀書者之難

9　吳趼人：〈雜說〉，《月月小說》第8號（1907年）。

其人矣。推是意也，吾敢謂今之譯本偵探小說，皆誨盜之書。夫偵探小說，明明為懲盜之書也，顧何以謂之誨盜？夫仁者見之謂之仁，智者見之謂之智。若《金瓶梅》、《肉蒲團》，淫者見之謂之淫；偵探小說，則盜者見之謂之盜耳。嗚呼！是豈獨不善讀書而已耶，毋亦道德缺乏力過耶！社會如是，捉筆為小說者，當如何其慎之又慎之。……

中國歷代小說史論[10]　　王鍾麟

……吾謂吾國之作小說者，皆賢人君子，窮而在下，有所不能言、不敢言，而又不忍不言者，則姑婉篤詭譎以言之。即其言以求其意之所在，然後知古先哲人之所以作小說者，蓋有三因：

一曰憤政治之壓制。……

二曰痛社會之混濁。吾國數千年來，風俗頹敗，中于人心，是非混淆，黑白易位。富且貴者，不必賢也，而若無事不可為：貧且賤者，不必不賢也，而若無事可為。舉億兆人之材力，咸戢戢于一範圍之下，如羊豕然。有跅弛不羈之士，其思想或稍出社會水平線以外者，方且為天下所非笑，而不得一伸其志以死。既無可自白，不得不假俳諧之文以寄其憤：或設為仙佛導引諸術，以鴻冥蟬蛻于塵埃之外，見濁世之不可一日居。而馬致遠之《岳陽樓》、湯臨川之《邯鄲記》出焉，其源出于屈子之「遠游」。或描寫社會之污穢濁亂貪酷淫媟諸現狀，而以刻毒之筆出入，如《金瓶梅》之寫淫，「紅樓夢」之寫侈，《儒林外史》、《檮杌閑評》之寫卑劣。讀諸書者，或且訾古人以淫治輕薄導世，不知其人作此書時，皆深極哀痛，血透紙背而成者也，其源出于太史公諸傳。

10　王鍾麟：〈中國歷代小說史論〉，《月月小說》第1卷第11期（1907年）。

三曰哀婚姻之不自由。……

中國三大小說家論贊[11]　王鍾麟

……是以天僇生生平雖好讀書，然不若讀小說；讀小說數十百種，有好有不好。其好而能至者，厥惟施耐庵、王弇州、曹雪芹三氏所著之小說。

……時則有若王氏之《金瓶梅》。元美生長華閥，抱奇才，不可一世，乃因與楊仲芳結納之故，至為嚴嵩所忌，戳及其親，深極哀痛，無所發其憤。彼以為中國之人物、之社會，皆至污極賤，貪鄙淫穢，靡所不至其極，于是而作是書。蓋其心目中固無一人能少有價值者。彼其記西門慶，則言富人之淫惡也；記潘金蓮，則傷女界之穢亂也；記花子虛、李瓶兒，則悲友道之衰微也；記宋惠蓮，則哀讒佞之為禍也；記蔡太師，則痛仕途黑暗，賄賂公行也。嗟呼！天下有過人之才，遭際濁世，抱彌天之怨，不得不流而為厭世主義，又從而摹繪之，使並世者之惡德，不能少自謹匿者，是則王氏著書之苦心也。輕薄小兒，以其善寫淫蝶也寶之，而此書遂為老師宿儒所詬病，亦不察之甚矣。

……由是觀小說，至此三書，真有觀止之嘆矣。吾國小說，非無膾炙人口，在此三書外者。

11　王鍾麟：〈中國三大小說家論贊〉，《月月小說》第2卷第2期（1908年）。

勸戒四錄　　梁恭辰

錢塘汪棣香（福臣）曰：「蘇、揚兩郡城書店中，皆有《金瓶梅》版。蘇城版藏楊氏。楊故長者，以鬻書為業，家藏《金瓶梅》版，雖銷量甚多，而為病魔所困，日夕不離湯藥。娶妻多年，尚未有子，其友人戒之。……楊為驚寤，立取《金瓶梅》版劈而焚之……其揚州之版，為某書賈所藏。某家小康，開設書坊三處。嘗以是版獲利，人屢戒之，終不毀。……某既死，有儒士捐金賣版，始就毀于吳中。」

新譯紅樓夢回批　哈斯寶

第九回西廂記妙詞通戲語牡丹亭艷曲警芳心[12]

批曰：我讀《金瓶梅》，讀到給眾人相面，鑒定終身的那一回，總是贊賞不已。現在一讀本回，才知道那種贊賞實委實過分了。《金瓶梅》中預言結局，是一人歷數眾人，而「紅樓夢」中則是各自道出自己的結局。教他人道出，那如自己說出？《金瓶梅》中的預言，深邃。所以此工彼拙[13]。

金瓶梅考證[14]　　王仲瞿

《金瓶梅》一書相傳明王元美所撰。元美父忬，以梁河失事，為奸嵩搆死。其子東樓實贊成之。東樓喜觀小說，元美撰此以毒藥傅紙，冀使傳染入口而斃，東樓燭其計，令家人洗去其藥而後翻閱此

12　本回譯自百二十回本第二十二、二十三回。

13　《金瓶梅》第二十九回寫有「吳神仙貴賤相人」情節。

14　此本乃後人纂附，故列最後。

書，遂以外傳。舊說如此，竊有疑。元美為一代才人，文品何等峻浩，不應有此穢淫之作，陰險如東樓，既得其情，安得不為斬草除根之舉。明知之而故縱之；亦非東樓之為人。得此原本而諸疑豁然矣。

曾聞前輩趙甌北先生云：《金瓶梅》一書為王元美所作，余嘗見其原本（隨園老人曾有此本），不似流傳之俗本，鋪張床笫等穢語，紙上傳藥以毒東樓，其說支離不足信也。元美當父難發後，兄弟踵嵩門哭吁貰罪，嵩以漫語慰之，而卒陷其父于死。元美與嚴氏有不共戴天之仇。當時奸焰薰灼，呼天莫訴，因作此書以示口誅筆伐。西門者影射東樓也，門下客應伯爵等影射胡植、白啟常、王材、唐汝楫諸人也。玳安等僕影射嚴年也。金、瓶、梅影射東樓姬妾也。西門倚蔡京之勢影射東樓倚父嵩之勢也。西門之盜人遺產謀人錢財，影射東樓之招權納賄筐篚相望于道也。西門之傷發而死影射東樓之遭劾而死也。一家星散，孝哥死後，吳月娘寄居永福寺，影射東樓服罪，家財籍設，奸嵩老病寄居墓舍，抑郁以終也。忠孝而作此書，而願以淫書目之，此誤于俗本而不觀原本之故也。

原本與俗本有雅鄭之別。原本之發行，投鼠忌器，斷不壓東樓生前書出傳誦一時。陳眉公《狂夫叢談》（此書曾于舒文處見抄本），極嘆賞之，以為才人之作，則非今之俗本可知。或云李卓吾所作，卓吾即無行何至留此穢言？大約明季浮浪文人之作偽，何物聖嘆從而扇生毒焰，揚其惡潮耳。安得舉今本而一一摧毀之（按今本每回後有聖嘆長批，大半俗不可耐或亦是後人偽記）。

按此原本乃小玲瓏山館主人贈舒文者，不知與雲松觀察所見之本有無異同（趙所見為隨園本否，他日當問之）。珍珠密字，楷法秀麗，余妻尤愛玩不置，綉餘粧罷，意為之注，頗能喚醒惡人不淺，擬與舒文力謀付梓，為元美一雪其冤。

秀水王曇識于鑒湖偕隱廬，時乾隆五十九年十月十日也。

第三輯

插圖

甲　明代

崇禎本木刻圖二百頁

新安劉應祖鐫
武二郎冷遇親哥嫂

金瓶梅
第二回
俏潘娘簾下勾情
茶坊
黄子立刊

老王婆茶坊說技

金瓶梅
第三回
定挨光虔婆受賄
茶坊

設圈套浪子挑私

金瓶梅
第四回
赴巫山潘氏幽歡

金瓶梅

鬧茶坊鄆哥義憤

第五回
捉奸情鄆哥設計

飲鴆藥武大遭殃

金瓶梅
第六回
何九受賄瞞天

王婆幇閒遇雨

金瓶梅
第七回
薛媒婆說娶孟三兒

楊姑娘氣罵張四舅

金瓶梅
第八回
盼情郎佳人占鬼卦

燒夫靈和尚聽淫聲

金瓶梅
第九回
西門慶偷娶潘金蓮

武都頭悞打李皂隸
美酒

第十回　義士充配孟州道

妻妾翫賞芙蓉亭

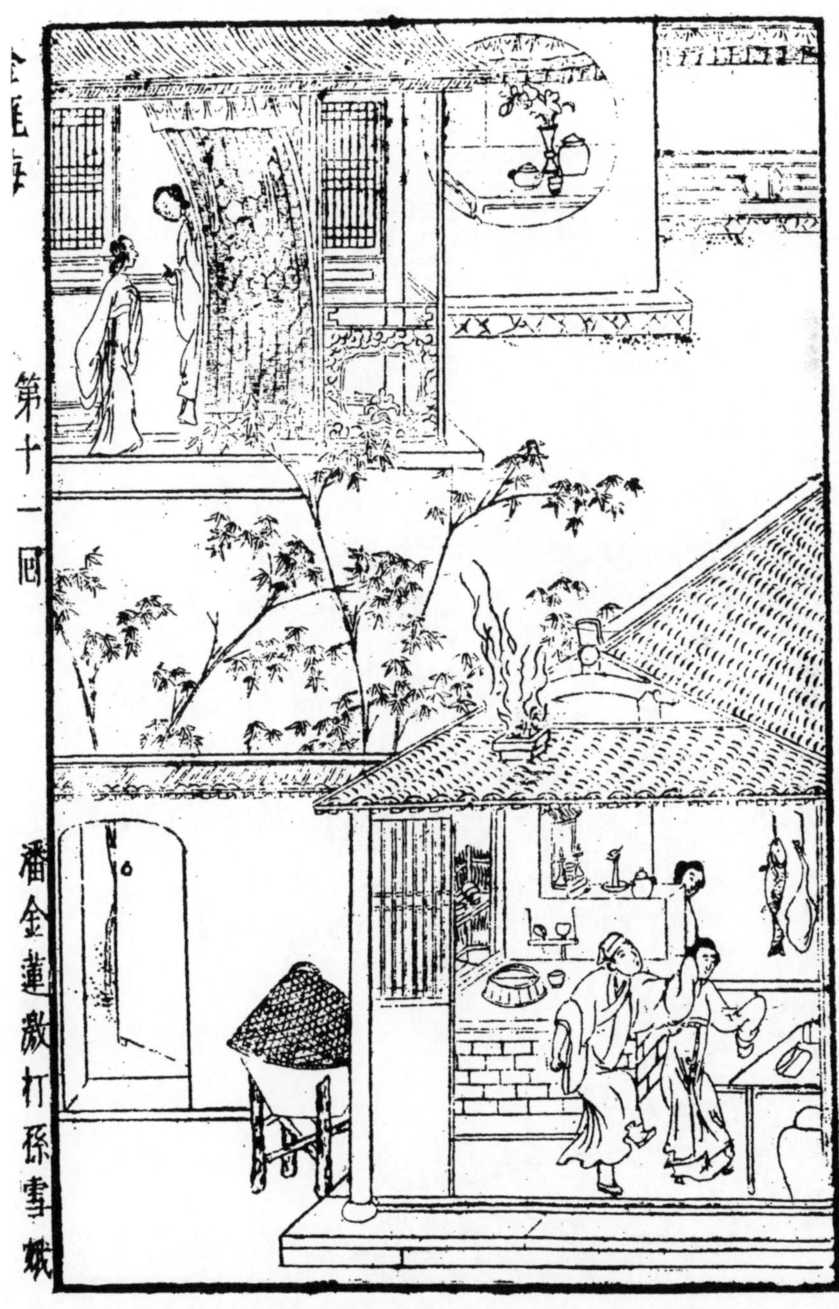
金瓶梅
第十二回
潘金蓮激打孫雪娥

金瓶梅

西門慶梳籠李桂姐

金瓶梅
第十二回
潘金蓮私僕受辱

劉理星壓勝求財

金瓶梅
第十三回
李瓶姐隔墻密約

迎春兒隙底私窺

金瓶梅
第十四回
花子虛因氣喪身

李瓶兒迎奸赴會

第十五回
佳人笑賞翫燈樓

金瓶梅

狎客幇嫖麗春院

第十六回
西門慶擇吉佳期

金瓶梅
應伯爵追歡喜慶

金瓶梅
第十七回
宇給事劾倒楊提督

李瓶兒許嫁蔣竹山

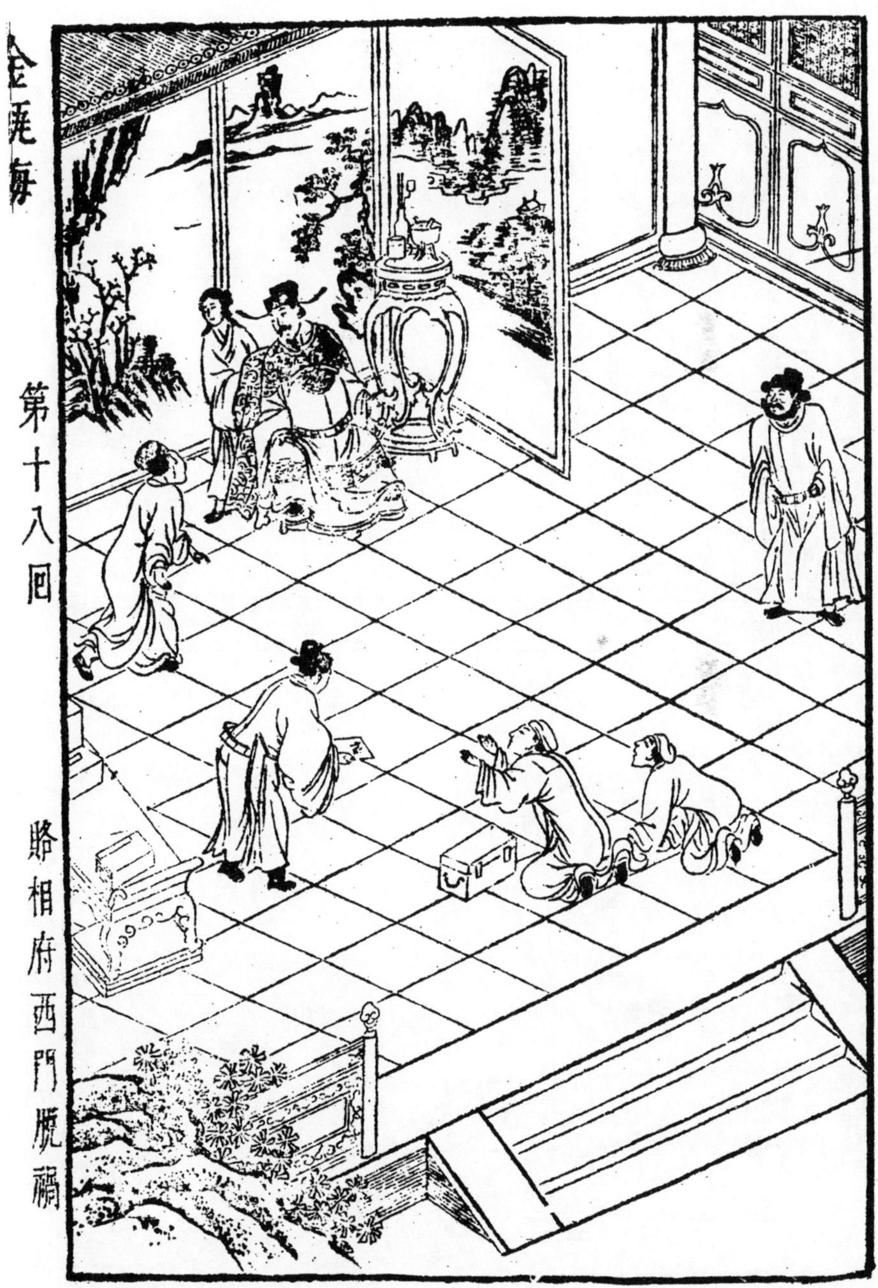
金瓶梅
第十八回
賂相府西門脫禍

金瓶梅
見嬌娘敬濟魂消

金瓶梅
第十九回
草裡蛇邏打蔣竹山
蔣竹山
揀選南北道地川廣生熟藥材

李瓶兒情感西門慶

第二十回
傻幫閑趨奉鬧華筵

癡子弟爭鋒毀花院

金瓶梅
第二十一回
吳月娘掃雪烹茶

應伯爵簪花邀酒

金瓶梅
第二十二回
蕙蓮兒偷期蒙愛

春梅姐正色閑邪

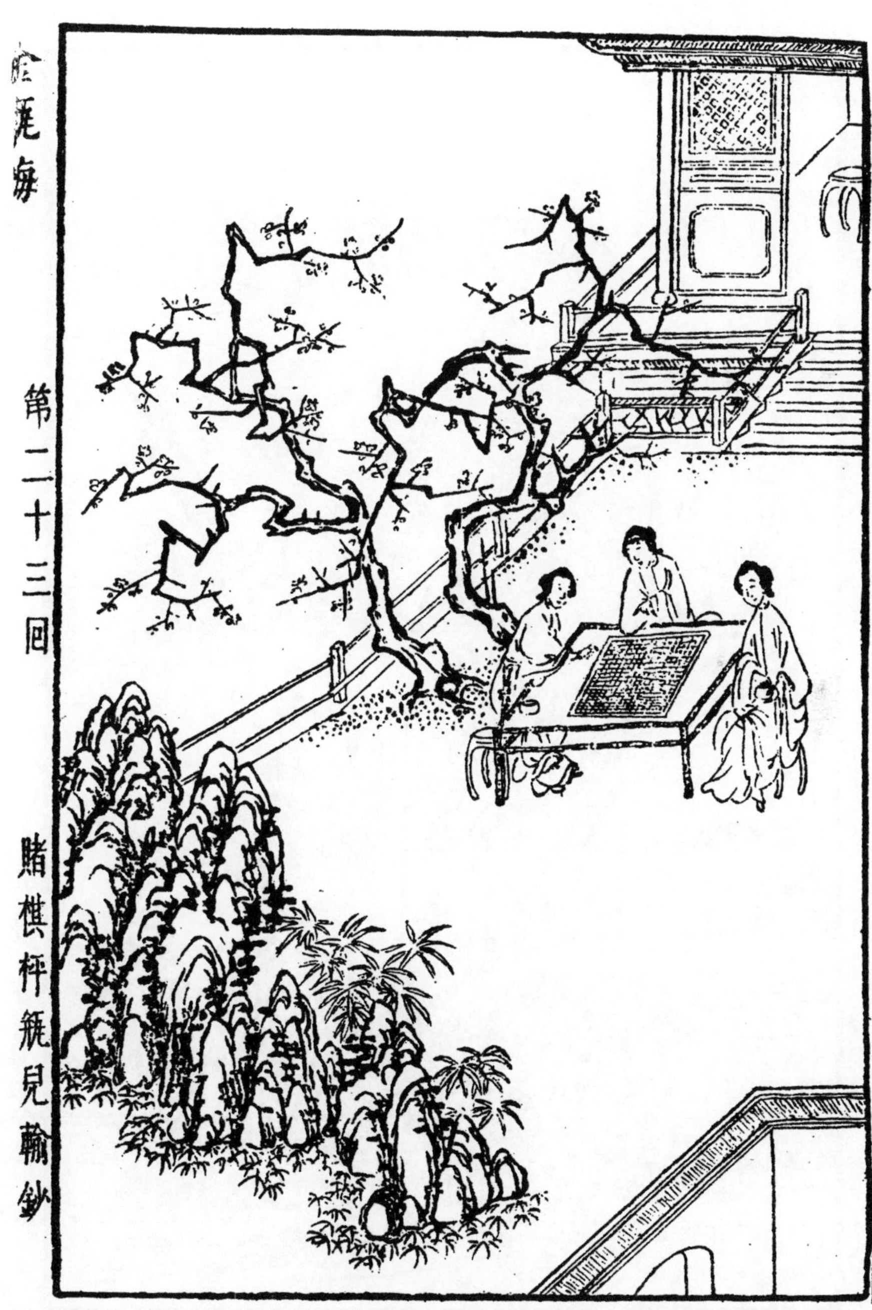
金瓶梅
第二十三回
賭棋枰瓶兒輸鈔

覷藏春潘氏潛踪

金瓶梅
第二十四回
敬濟元夜戲嬌姿

惠祥怒詈來旺婦

金瓶梅
第二十五回
吳月娘春晝鞦韆

來旺兒醉中謗訕

金瓶梅
第二十六回
來旺遞解徐州

蕙蓮含羞自縊

第二十七回
李瓶兒私語翡翠軒

金瓶梅

潘金蓮醉鬧葡萄架

金瓶梅
第二十八回
陳敬濟徼倖爵金蓮

西門慶糊塗打鐵棍

第二十九回　吳神仙冰鑑定終身

潘金蓮蘭湯邀午戰

第三十回
蔡太師擅恩錫爵

金瓶梅

西門慶生子加官

金瓶梅
第三十一回
琴童藏壺構釁

西門開晏為歡

第三十二回
李桂姐趨炎認女

潘金蓮懷嫉驚兒

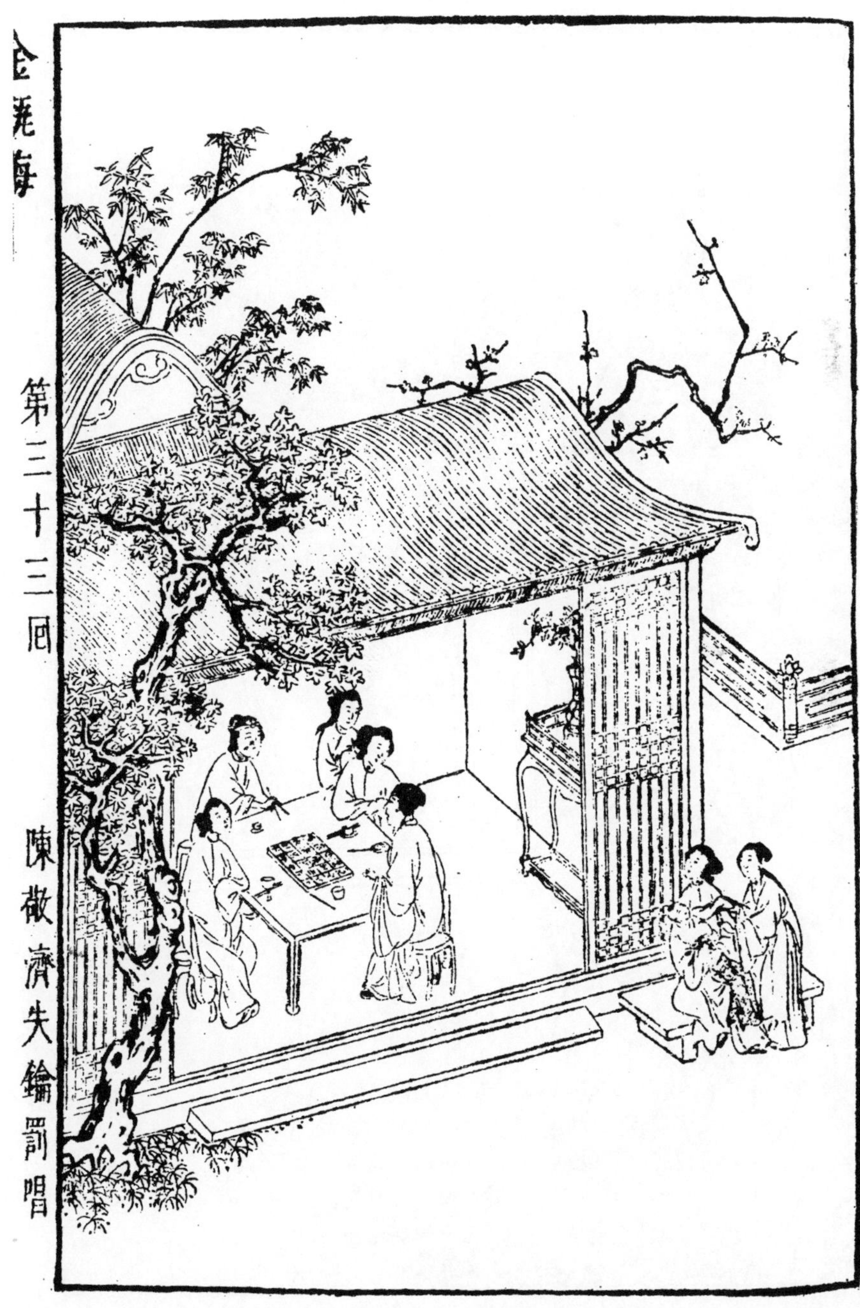
金瓶梅
第三十三回
陳敬濟失鑰罰唱

韓道國縱婦爭風

金瓶梅
第三十四回
獻芳樽内室乞恩

受私賄後庭說事

第三十五回
西門慶爲男寵報仇

金瓶梅

書童兒作女粧媚客

黃子立刻

金瓶梅
第三十六回
翟管家寄書尋女子

蔡狀元畱飲借盤纏

金瓶梅
第三十七回
馮媽媽說嫁韓愛姐

西門慶包占王六兒

第三十八回
王六兒棒槌打搗鬼

金瓶梅
潘金蓮雪夜弄琵琶

金瓶梅
第三十九回
寄法名官哥穿道服

散生日敬濟拜寃家

金瓶梅
第四十回
抱孩童瓶兒希寵

裝丫鬟金蓮市愛

第四十一回
兩孩兒聯姻共笑嬉

二佳人憤深同氣苦

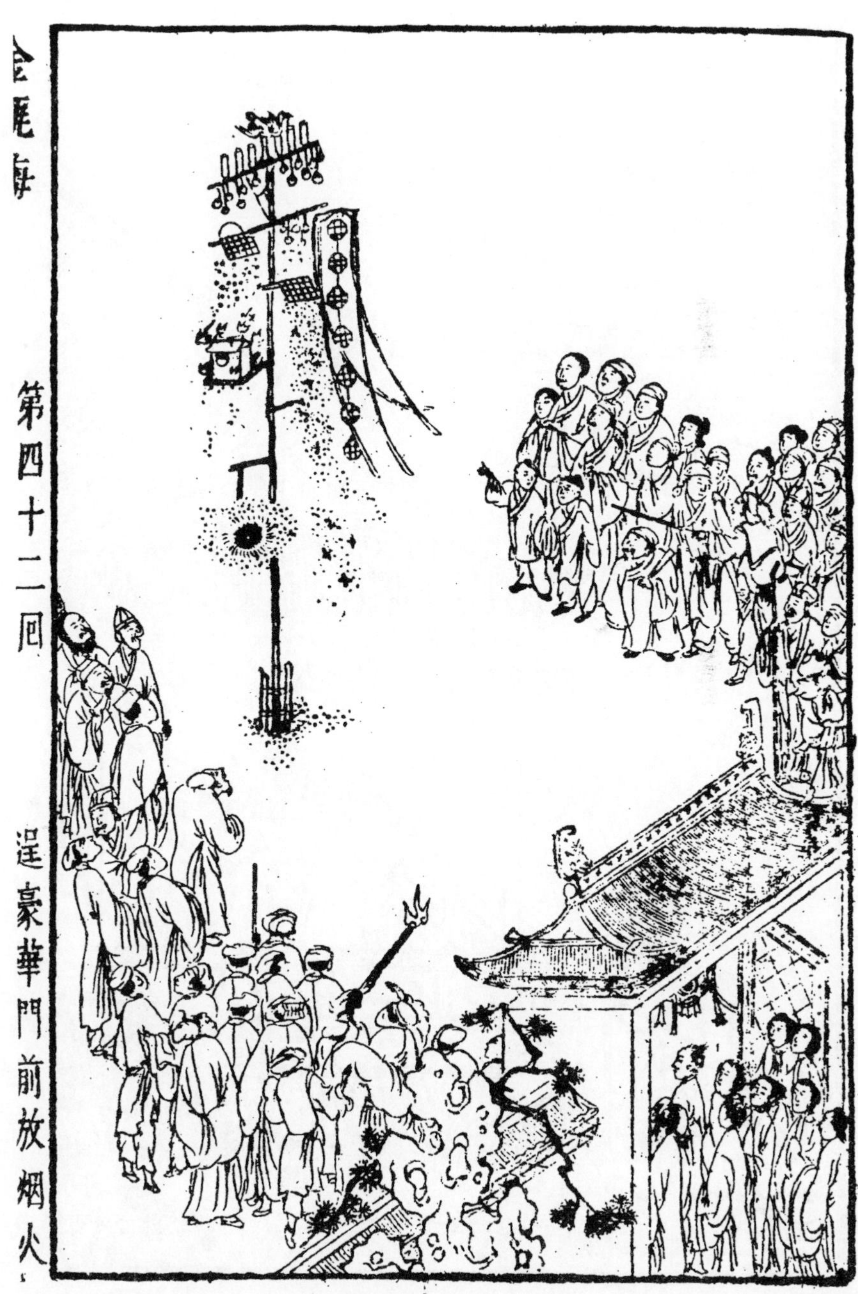
金瓶梅
第四十二回
逞豪華門前放烟火

賞元宵樓上醉花燈

金瓶梅
第四十三回
爭寵愛金蓮鬪氣

賣富貴吳月攀新

金瓶梅
第四十四回
避馬房侍女偷金

下象棋佳人消夜
聯經出版事業公司景印版

金瓶梅
第四十五回
應伯爵勸當銅鑼

金瓶梅

李瓶兒解衣銀姐

第四十六回
元夜遊行遇雨雪

金瓶梅

妻妾戲笑卜龜兒

第四十七回
苗青謀財害主

金瓶梅

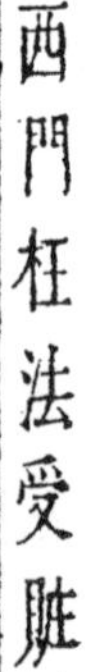

第四十八回
弄私情戲贈一枝桃

走捷徑探歸七件事

金瓶梅
第四十九回
請巡按屈體求榮
迴避
察院

遇胡僧現身施藥

金瓶梅
第五十回
琴童潛聽燕鶯歡

玳安嬉遊蝴蝶巷

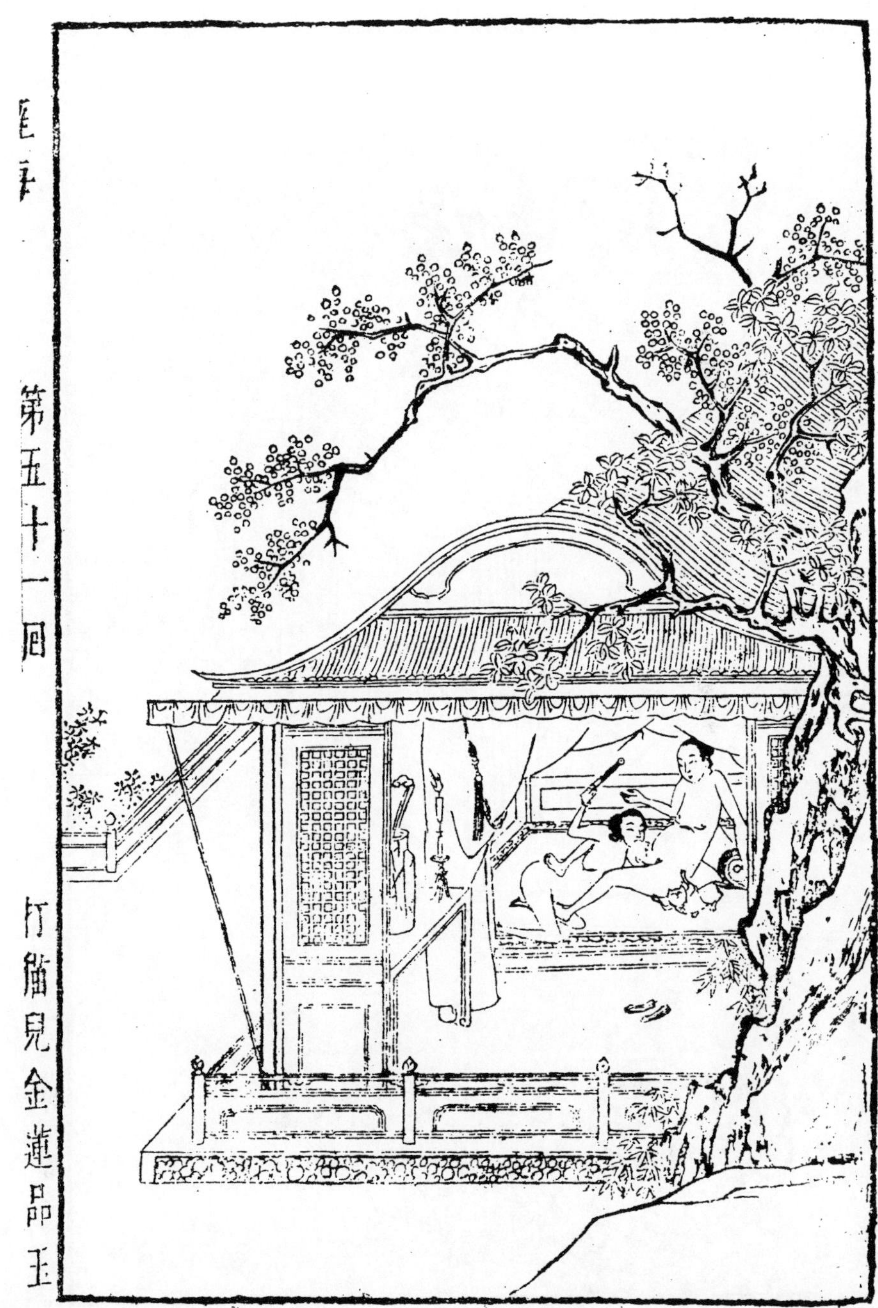
第五十一回
打猫兒金蓮品玉

弄權
鬭葉子敬濟輸金

金瓶梅
第五十二回　應伯爵山洞戲春嬌
藏春塢

金瓶梅

潘金蓮花園調愛婿

金瓶梅
第五十三回
潘金蓮驚散幽歡

吳月娘拜求子息

第五十四回
應伯爵隔花戲金釧

金瓶梅

任醫官垂帳診瓶兒

金瓶梅　第五十五回　西門慶兩番慶壽誕

苗員外一諾贈歌童

金瓶梅
第五十六回
西門慶捐金助朋友

金瓶梅

常峙節得鈔傲妻兒

金瓶梅
第五十七回
開緣簿千金喜捨

戲雕欄一笑回嗔

金瓶梅
第五十八回
潘金蓮打狗傷人

孟玉樓周貧磨鏡

金瓶梅
第五十九回
西門慶露陽驚愛月

李瓶兒睹物哭官哥

金瓶梅
第六十回
李瓶兒病纏死孽
啟先

本衙
紬段
西門慶官作生涯

金瓶梅　第六十一回　西門慶乘醉燒陰戶

金瓶梅

李瓶兒帶病宴重陽

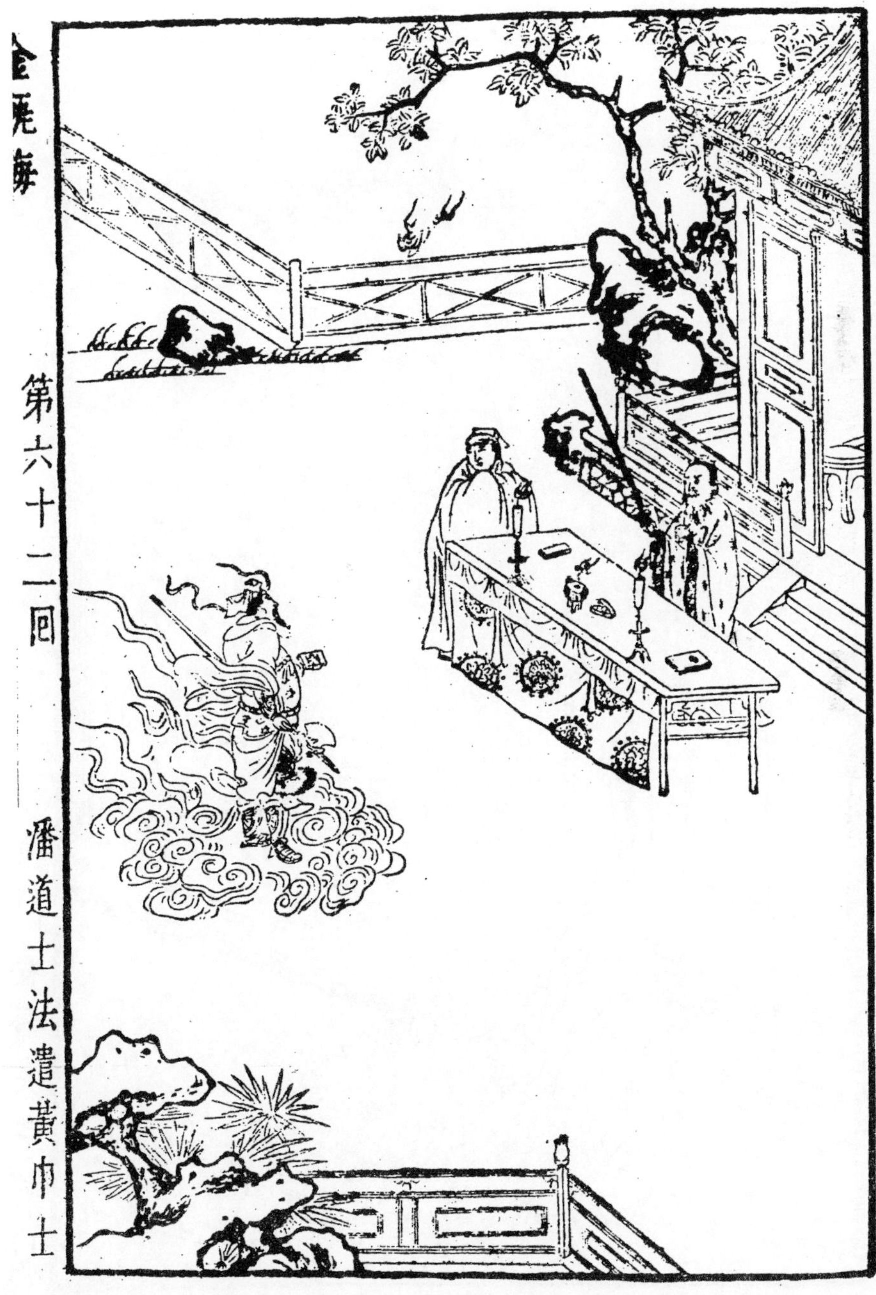
金瓶梅
第六十二回　潘道士法遣黃巾士

西門慶痛哭李瓶兒

金瓶梅
第六十三回
韓畫士傳真作遺愛

西門慶觀戲動深悲

第六十四回
玉簫跪受三章約

金瓶梅
書童私挂一帆風
聯經出版事業公司景印本

金瓶梅
第六十五回
願同穴一時喪禮盛

守孤靈半夜卩脂香

金瓶梅
第六十六回
翟管家寄書致賻

黃眞人發牒薦亡

金瓶梅
第六十七回　西門慶書房賞雪

李瓶兒夢訴幽情

第六十八回
應伯爵戲啣玉臂

玳安兒密訪蜂媒

第六十九回
招宣府初調林太太

麗春院驚走王三官

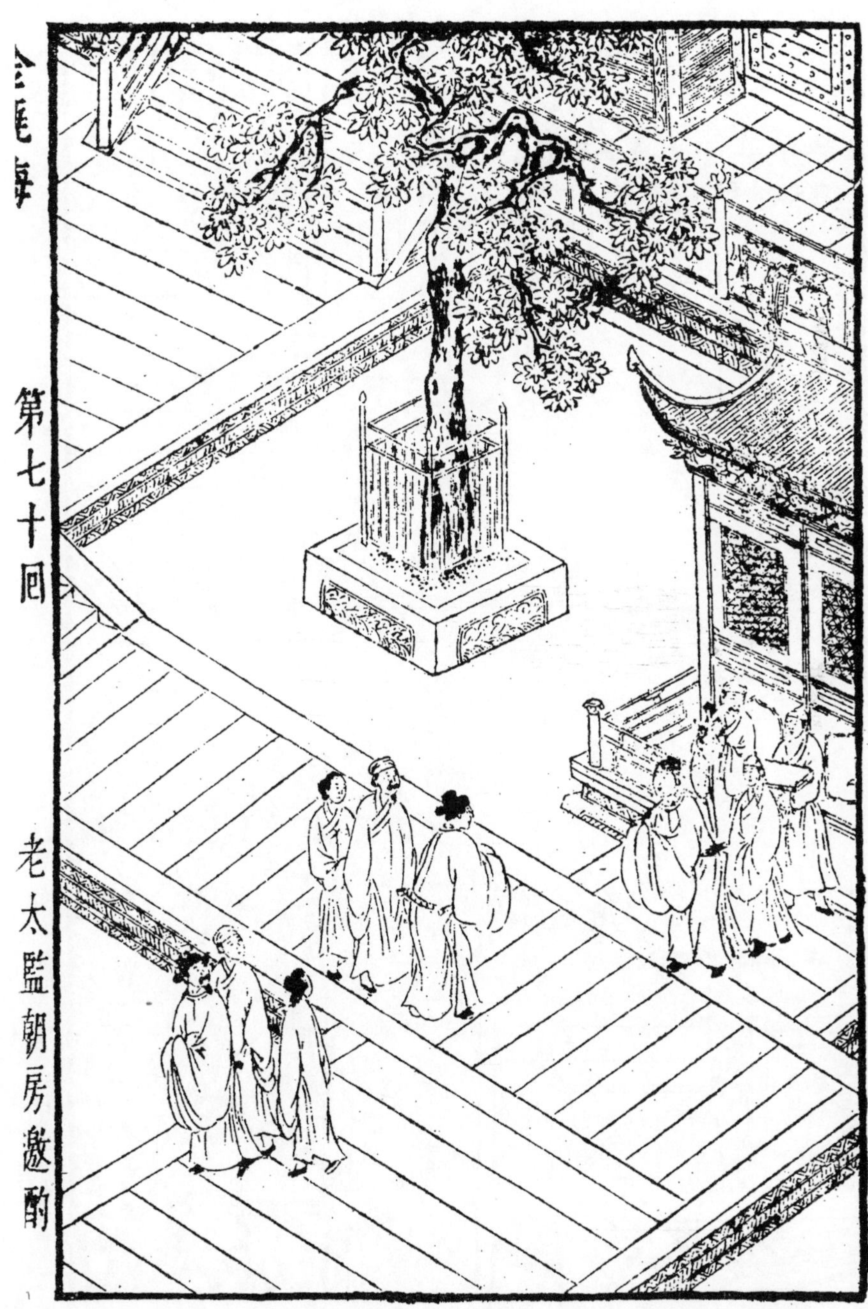
金瓶梅
第七十回
老太監朝房邀酌

兩提刑樞府庭參

第七十一回
李瓶兒何家托夢

朱太尉引奏朝儀

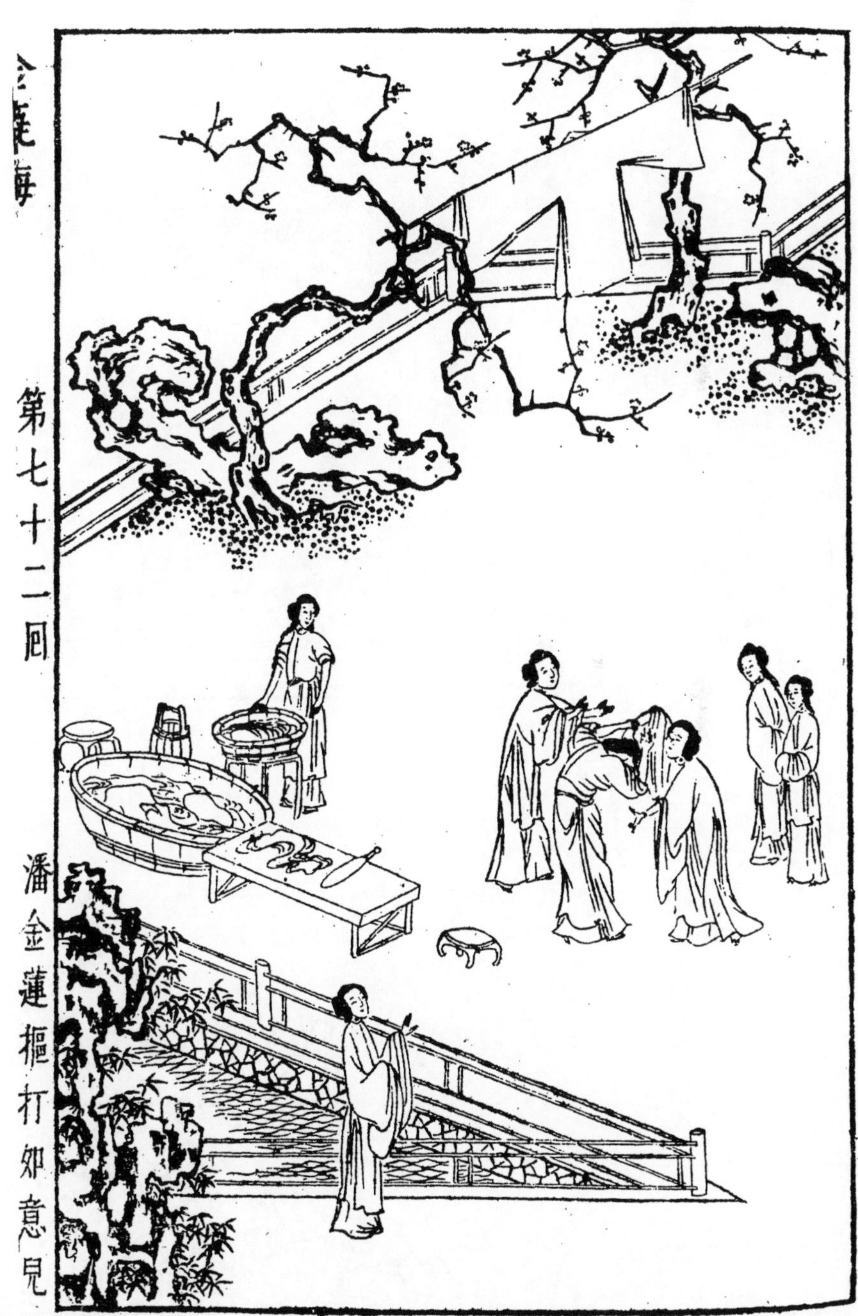
金瓶梅
第七十二回
潘金蓮摳打如意兒

金瓶梅

王三官義拜西門慶

第七十三回
潘金蓮不憤憶吹簫

西門慶新試白綾帶

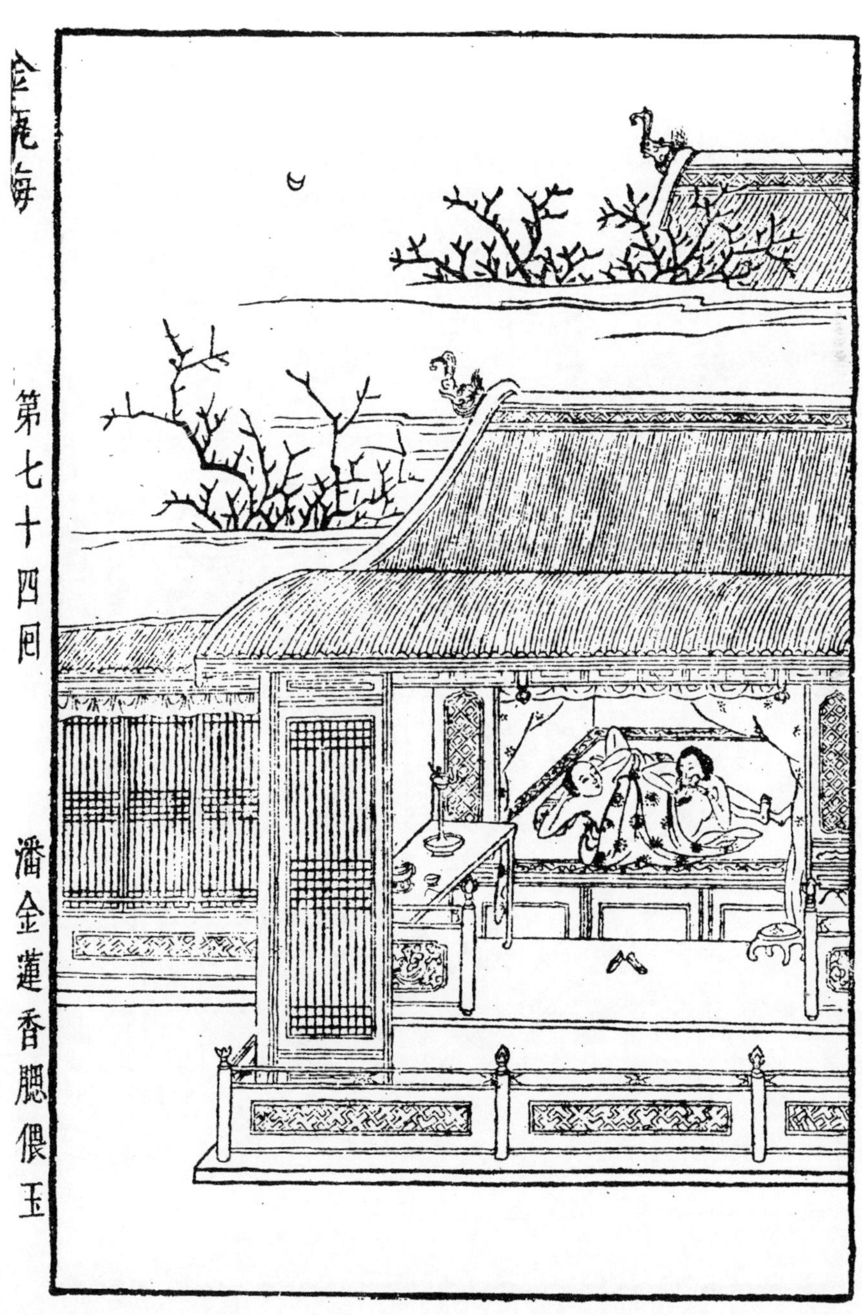
金瓶梅
第七十四回
潘金蓮香腮偎玉

薛姑子佛口談經

金瓶梅
第七十五回　因抱恙玉姐含酸

金瓶梅
爲護短金蓮潑醋

金瓶梅
第七十六回
春梅嬌撒西門慶

畫童哭躲溫葵軒

第七十七回
西門慶踏雪訪愛月

金瓶梅

賁四嫂帶水戰情郎

第七十八回
林太太鴛幃再戰

如意兒茎露獨嘗

第七十九回　西門慶貪慾喪命

金瓶梅
吳月娘失偶生兒

金瓶梅
第八十回
潘金蓮售色赴東床

金瓶梅

李嬌兒盜財歸麗院

第八十一回
韓道國拐財遠遁

金瓶梅
湯來保欺主背恩

金瓶梅
第八十二回
陳敬濟弄一得雙

第八十三回
秋菊含恨泄幽情

春梅寄柬諧佳會

第八十四回　吳月娘大鬧碧霞宮
碧霞宮

金瓶梅

普靜師化緣雪澗洞

第八十五回
吳月娘識破姦情

第八十六回
雪娥唆打陳敬濟

金蓮解渴王潮兒

第八十七回
王婆子貪財忘禍
重羅白麵

武大郎

八十八回
陳敬濟感舊祭金蓮

第六十九回
清明節寡婦上新墳

金瓶梅
第九十回
來旺盜拐孫雪娥

雪娥受辱守備府

第九十一回
孟玉樓愛嫁李衙內

李衙內怒打玉簪兒

金瓶梅
第九十二回
陳敬濟被陷嚴州府

吳月娘大鬧授官廳

金瓶梅
第九十三回
王杏菴義恤貧兒

金道士變淫少弟

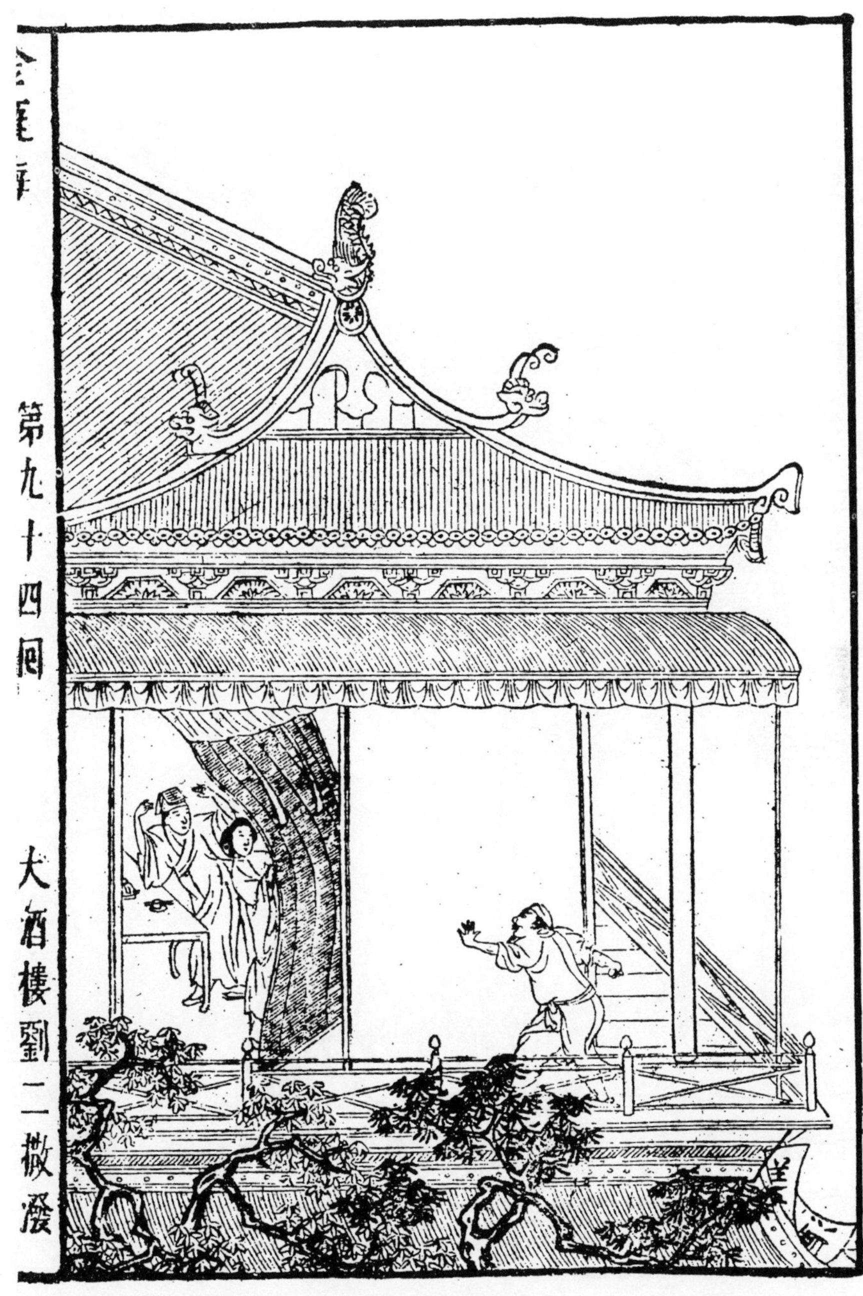
第九十四回
大酒樓劉二撒潑

酒家店雪娥爲娼

金瓶梅
第九十五回　玳安兒竊玉成婚

吳典恩負心被辱

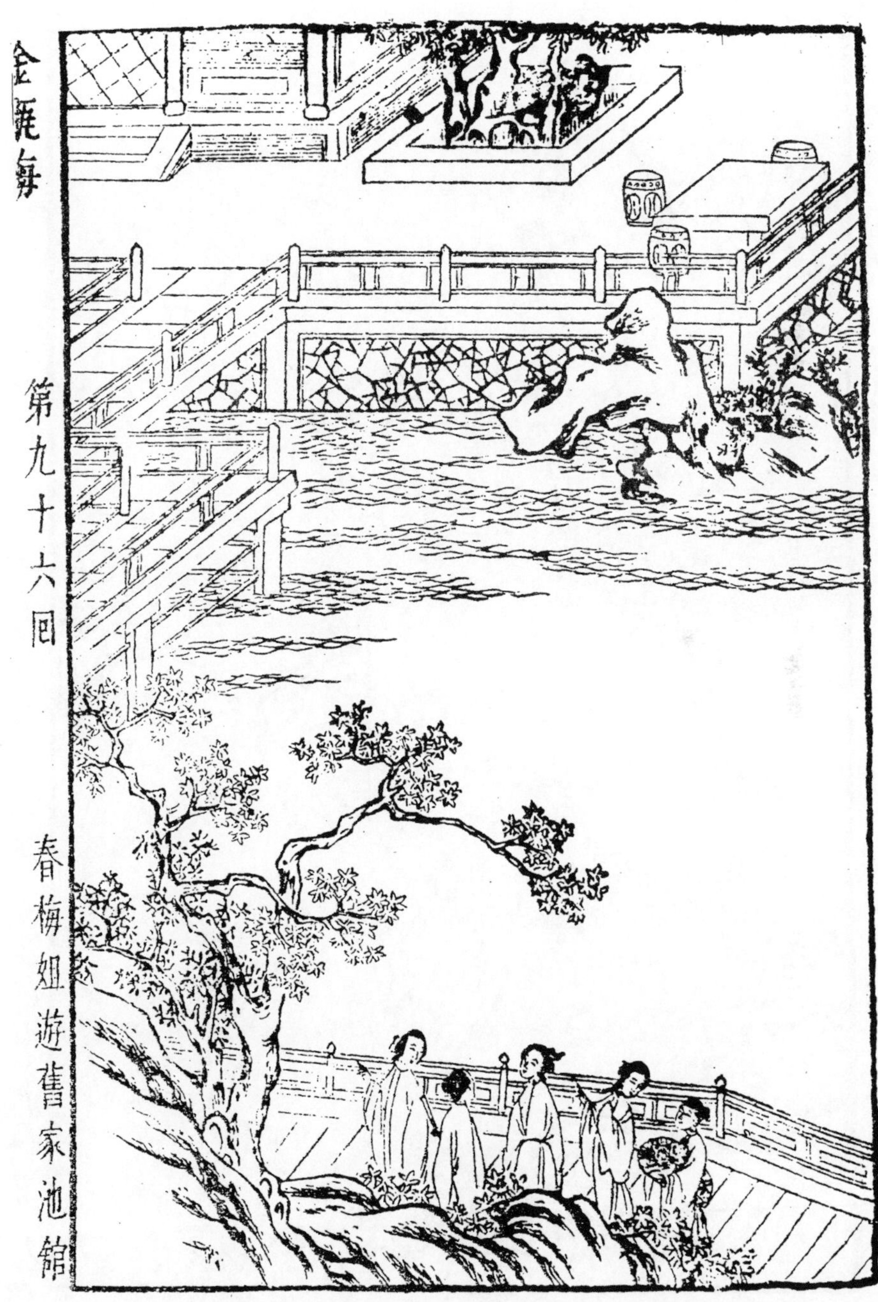
金瓶梅
第九十六回
春梅姐遊舊家池館

楊光彥作當面豺狼

第九十七回
假弟妹暗續鸞膠

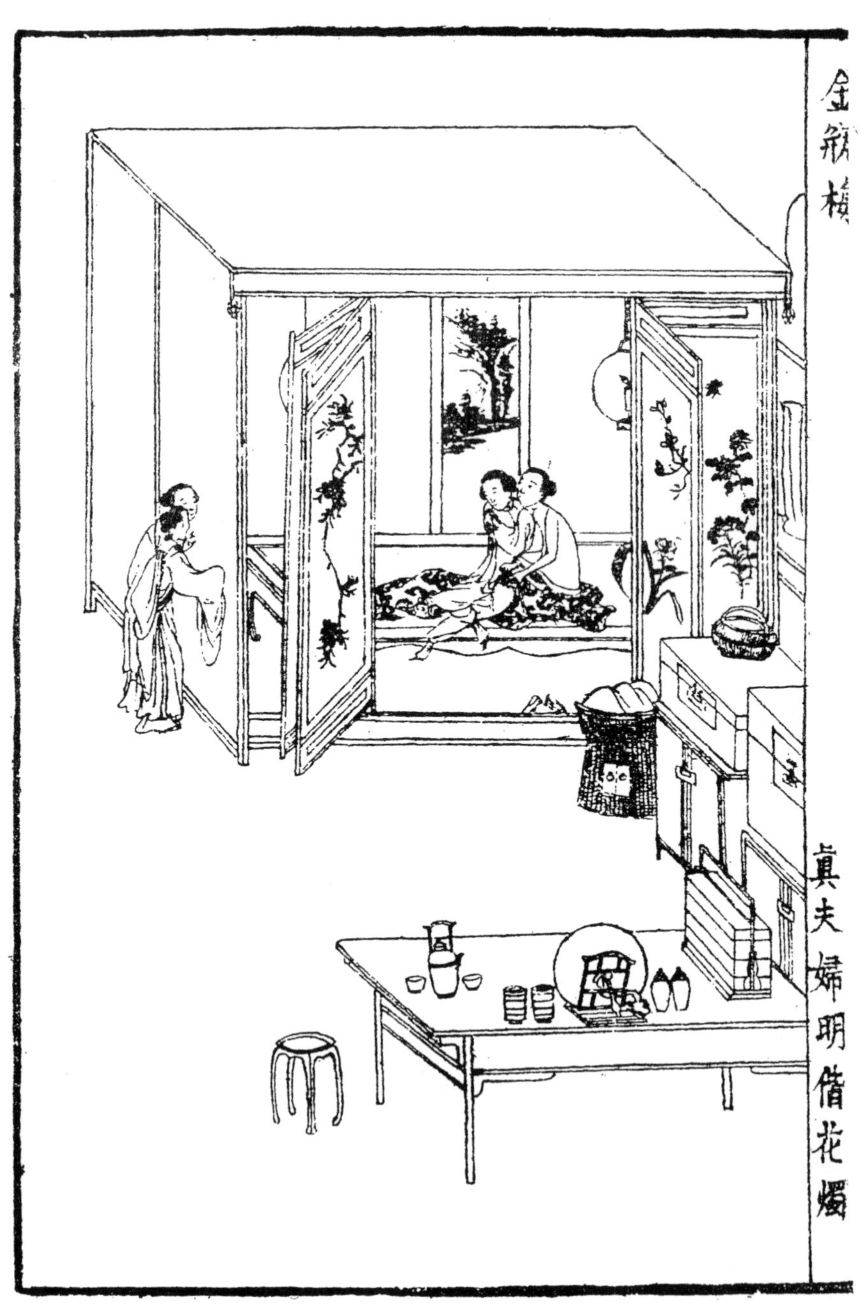
眞夫婦明偕花燭

第九十八回
陳敬濟臨清逢舊識

韓愛姐翠館遇情郎

金瓶梅
第九十九回
劉二醉打王六兒

張勝竊聽陳敬濟

第一百回
韓愛姐路遇二搗鬼

普靜師幻度孝哥兒

乙　清代

第一奇書本手繪圖二百頁

上集（即金瓶梅全圖）

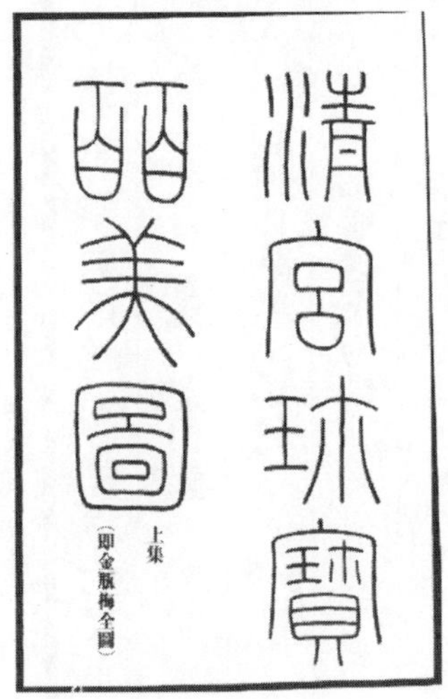

清宮珍寶皕美圖　全二冊共二百圖

奇珍共賞社影印（非賣品）

清宮珍寶皕美圖總目上集

清宮珍寶皕美圖總目上集

第一册目錄

清宮珍寶皕美圖目錄

二

清宮珍寶皕美圖目錄　二

西門慶熱結十弟兄

武二郎冷遇親哥嫂

俏潘娘簾下勾情

老王婆茶坊說技

定挨光王婆受賄

設圈套浪子私挑

赴巫山潘氏幽歡

鬧茶坊鄆哥義憤

捉奸情鄆哥設計

飲鴆藥武大遭殃

何九受賄瞞天

王婆帮閒遇雨

薛媒婆說娶孟三兒

楊姑娘氣罵張四舅

盼情郎佳人占鬼卦

燒夫靈和尚聽淫聲

武都頭悞打李皂隸

義士充配孟州道

妻妾戲賞芙蓉亭

潘金蓮激打孫雪娥

西門慶挖龍爭枝妞

潘金蓮私僕受辱

劉理星魘勝求財

李瓶姐墻頭密約

迎春兒隙庭私窺

李瓶兒迎奸赴會

佳人吹賞凱鎮樓

狎客幫嫖麗春院

西門慶擇吉佳期

應伯爵追歡喜慶

于給事劾倒楊提督

李瓶兒許嫁蔣竹山

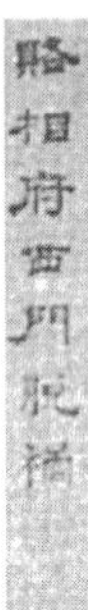

賂相府西門脫禍

見嬌娘敬濟消魂

草裏蛇邏打蔣竹山

李瓶兒情感西門慶

排開趣來開華筵

癡子弟爭鋒毀花院

吳月娘掃雪烹茶

應伯爵替花邀酒

蕙蓮兒偷期蒙愛

春梅姐正色閑邪

賭棋枰瓶兒輸鈔

覷藏春潘氏潛蹤

敬濟元夜戲嬌姿

惠祥怒詈來旺婦

吳月娘春晝鞦韆

來旺兒醉中謗訕

未晤道解徐州

蕙蓮含羞自縊

李瓶兒私語翡翠軒

潘金蓮醉鬧葡萄架

陳敬濟徼倖得金蓮

西門慶糊塗打鐵棍

潘金蓮蘭湯邀午戰

蔡太師擅恩錫爵

西門慶生子加官

琴童藏壺搆釁

西門開宴為歡

李桂姐趨炎認女

潘金蓮懷嫉驚兒

陳敬濟失鑰罰唱

韓道國縱婦爭風

獻芳樽內室乞恩

受私賄後庭說事

西門慶為男寵報仇

書僮兒作女妝媚客

翟管家寄書尋女子

蔡狀元留飲借盤纏

馮媽媽說嫁韓愛姐

西門慶包占王六兒

王六兒棒椎打搗鬼

潘金蓮雪夜弄琵琶

寄法名官哥穿道服

散生日敬济拜冤家

抱孩童瓶兒希寵

孫丫妓金蓮市愛

兩孩兒聯姻共笑嬉

二佳人憤深同氣苦

逞豪華門前放煙火

賞元宵樓上醉羊鐙

爭寵失金蓮鬥氣

喬富貴、月娘拜親

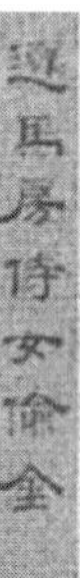
避馬房侍女偷金

下象棋佳人消夜

應伯爵勸當銅鑼

李瓶兒解衣銀姐

元夜遊行遇雨雪

妻妾戲笑卜龜兒

苗青謀財害主

西門枉法受賄

弄私情戲贈一枝桃

走捷徑探歸七件事

請巡按屈體求榮

遇梵僧見身施藥

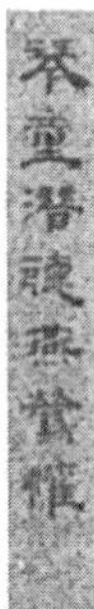
琴童潛聽燕鶯歡

玳安嬉游蝴蝶巷

下集（即金瓶梅全圖）

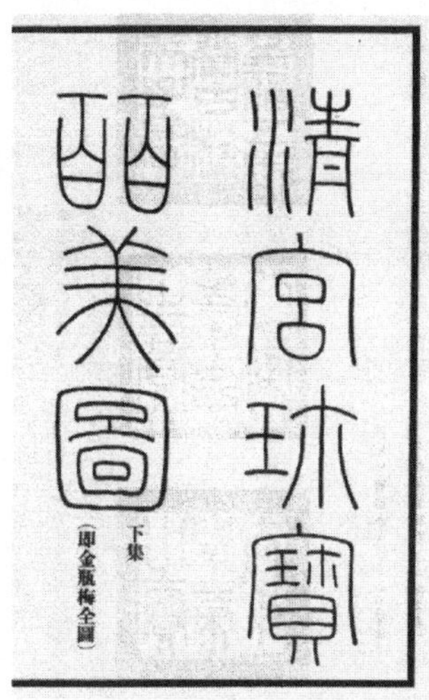

清宮珍寶皕美圖　全二冊共二百圖
奇珍共賞社影印（非賣品）

清宮珍寶皕美圖總目下集

清宮珍寶皕美圖總目下集

第二冊目錄

清宮珍寶皕美圖目錄

三

孟玉樓愛嫁李衙內　李衙內怒打玉簪兒

陳敬濟被陷嚴州府　吳月娘大鬧授官廳

王杏庵義恤貧兒　金道士變淫少弟

大酒樓劉二撒潑　酒家店雪娥爲娼

玳安兒竊玉成婚　吳典恩負心被辱

春梅姐遊舊家池館　楊光彥作當面豺狼

假弟妹暗續鸞膠　眞夫婦明諧花燭

陳敬濟臨淸逢舊識　韓愛姐翠館遇情郎

劉二醉打王六兒　張勝竊聽陳敬濟

韓愛姐路遇二搗鬼　普靜師幻度孝哥兒

全書二集　共計二百圖

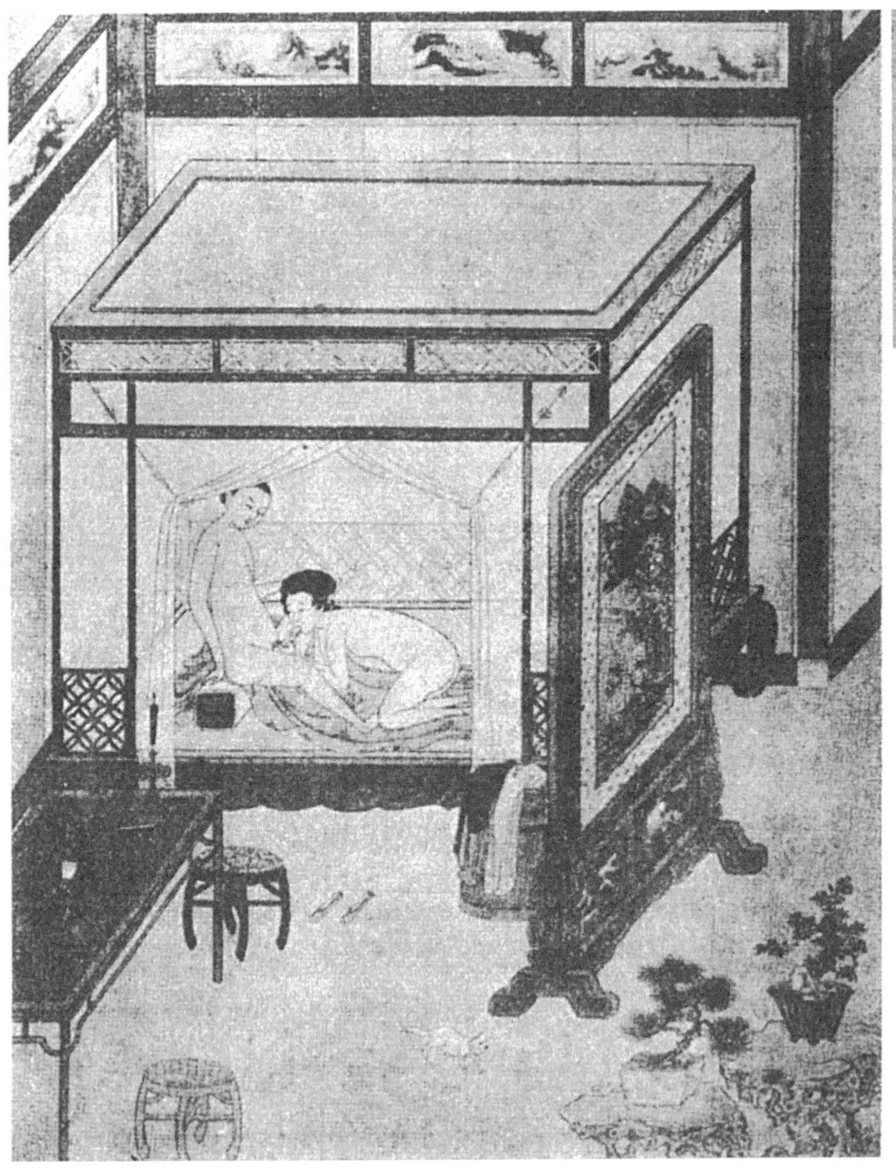

打貓兒金蓮品玉

門葉子敬濟輸金

應伯爵山洞戲春嬌

潘金蓮華園調愛壻

潘金蓮驚散幽歡

吳月娘拜求子息

應伯爵隔花戲金釧

任醫官垂帳診瓶兒

西門慶兩番慶壽誕

苗員外一諾贈歌童

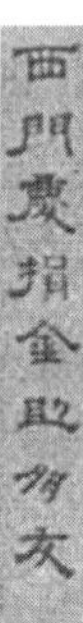
西門慶捐金助朋友

常峙節得鈔傲妻兒

開緣簿千金喜舍

戲雕闌一笑回嗔

潘金蓮打狗傷人

孟玉樓周貧磨鏡

西門慶露陰驚愛月

李瓶兒睹物哭官哥

李瓶兒病纏死孽

西門慶官作生涯

西門慶乘醉燒陰戶

李瓶兒帶病宴重陽

遣道士治遣黃巾士

西門慶痛哭李瓶兒

韓畫士傳真作遺愛

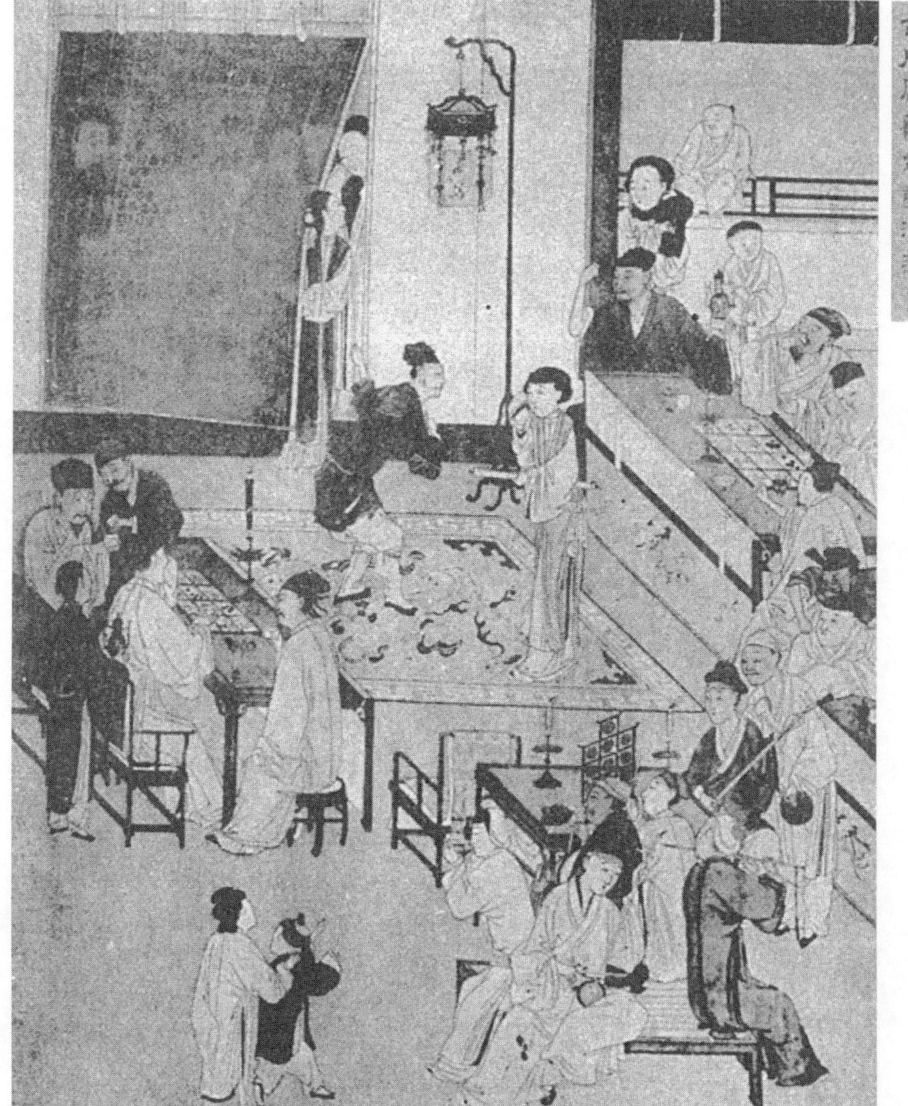

西門慶觀戲動深悲

玉簫跪受三章約

書童私挂一颿風

傾同穴一時亞禮

守孤靈半夜口脂香

翟管家寄書致賻

黃真人發牒薦亡

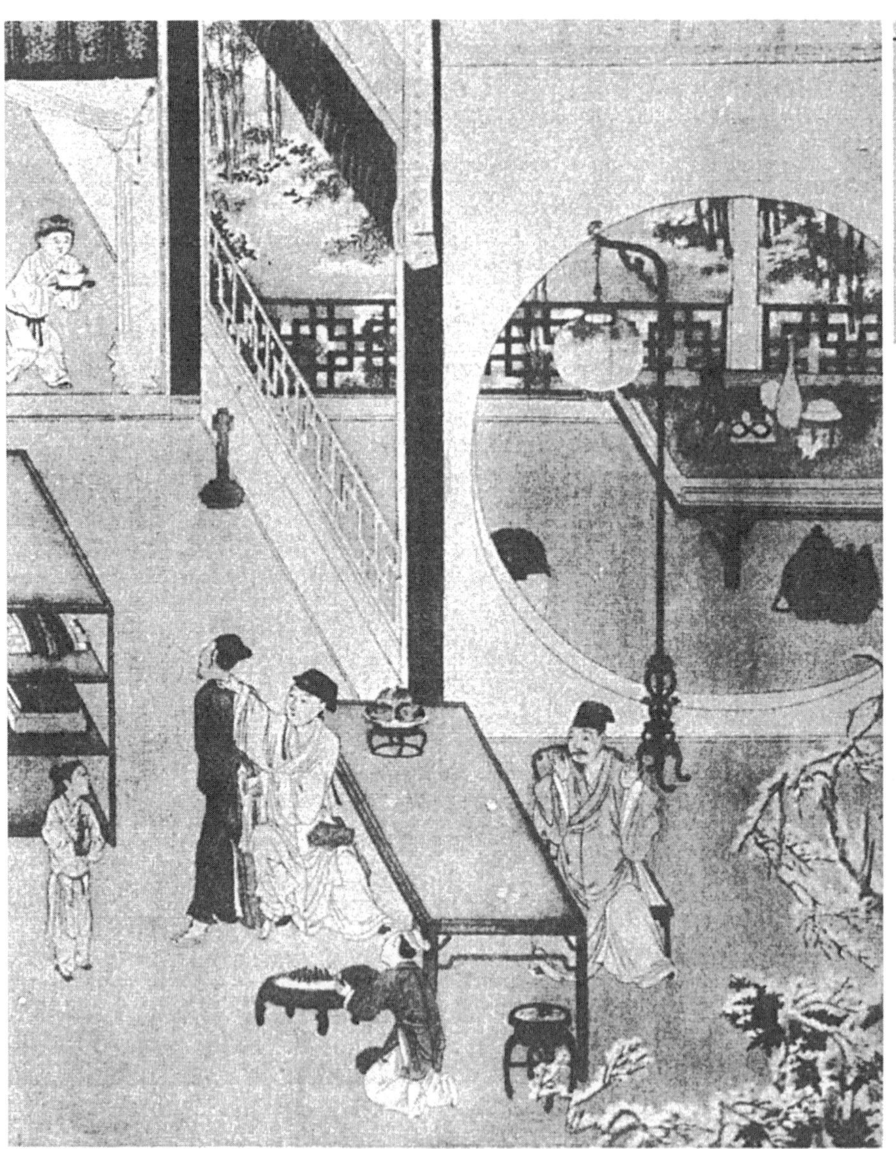

西門慶書房賞雪

李瓶兒夢訴幽情

應伯爵戲銜玉臂

玳安兒密訪蜂媒

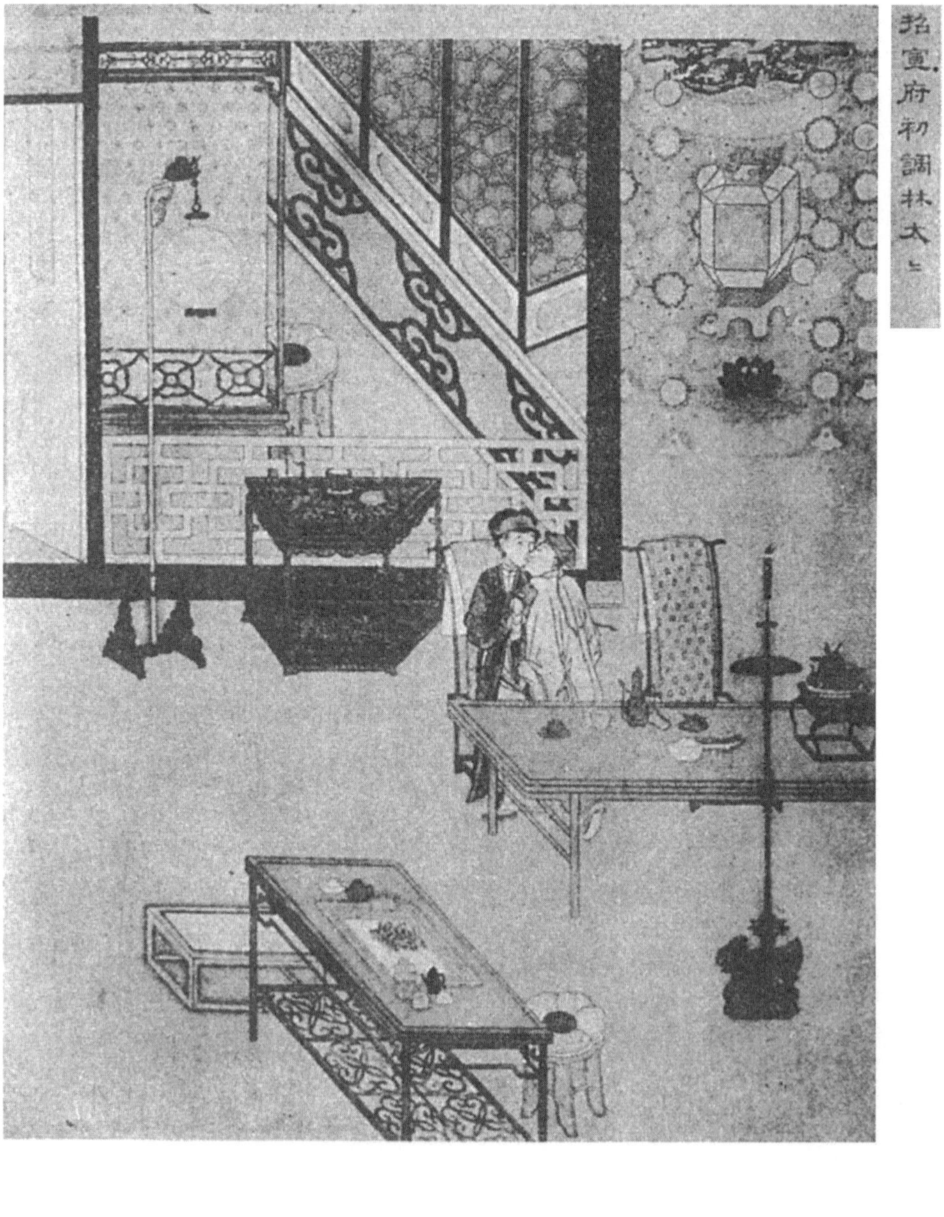

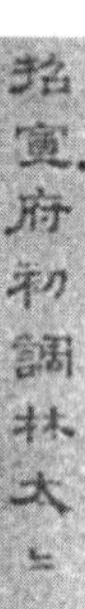
招宣府初調林太〻

麗春院驚走王三官

老太監朝房引酌

兩提刑樞府庭參

李瓶兒何家託夢

朱太尉引奏朝儀

潘金蓮毆打如意兒

王三官義拜西門慶

潘金蓮不憤憶吹簫

西門慶新試白綾帶

潘金蓮香肥恨王

薛姑子佛口談經

因抱恙玉姐含酸

春梅姐嬌撒西門慶

畫童兒哭躲溫葵軒

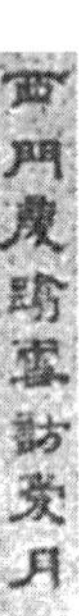
西門慶踏雪訪愛月

賁四嫂帶水戰情郎

林太ㄣ鸞幃再戰

如意兒茎露獨嘗

西門慶貪欲喪命

吳月娘失偶生兒

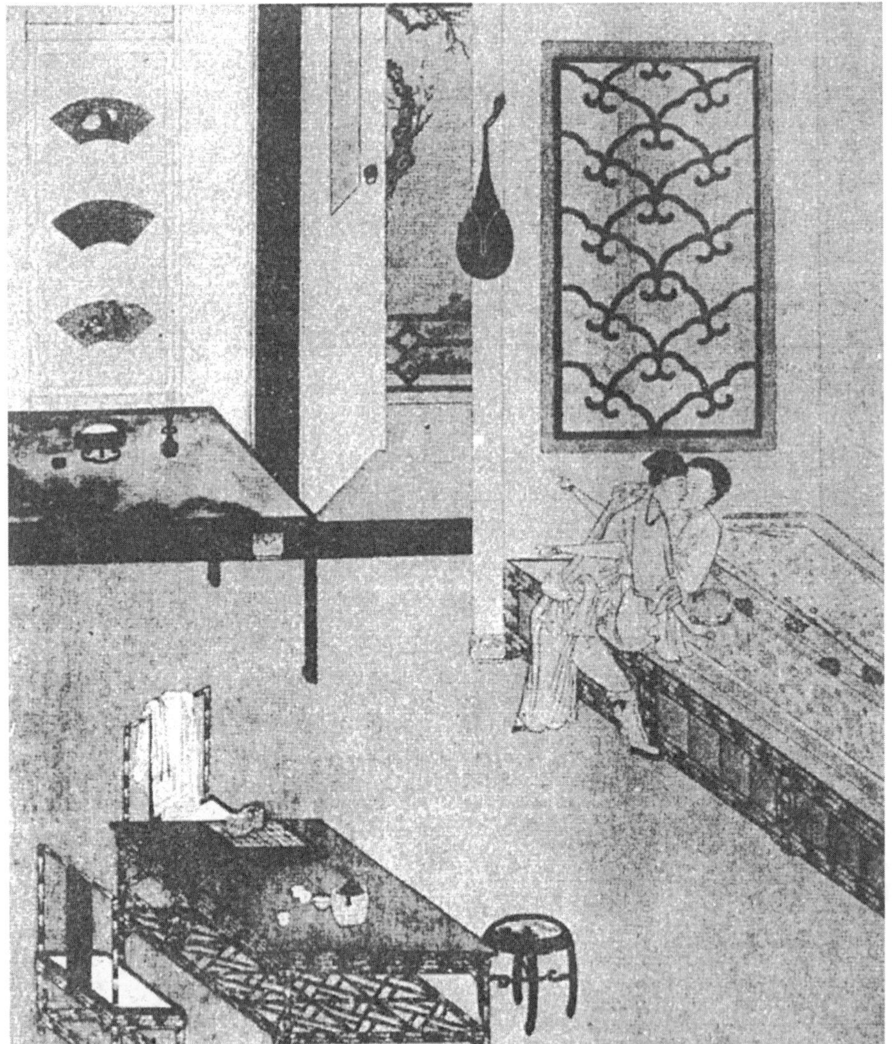

潘金蓮售色赴東牀

韓道國拐財遠遁

湯來保欺主背恩

陳敬濟弄一得雙

潘金蓮熱心冷面

秋菊含恨泄幽情

春梅寄柬諧佳會

吳月娘大鬧碧霞宮

普靜師化緣雪澗洞

果月樓戲成奸情

春梅姐不垂别泪

雪娥唆打陳敬濟

金蓮解渴王朝兒

王婆子贪财忘祸

武都頭殺嫂祭兄

陳敬濟感舊祭金蓮

龐大姐埋屍託張勝

清明節寡婦上新墳

永福寺夫人逢故主

来旺盗拐孫雪娥

雪娥受辱守備府

孟玉樓愛嫁李衙內

李衙內怒打玉簪兒

吳月娘大鬧授官廳

王杏庵義恤貧兒

金道士娶淫少弟

大酒樓劉二撒潑

酒家店雪娥為娼

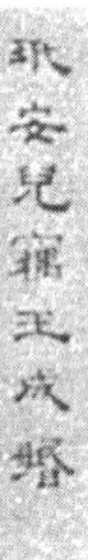

玳安兒竊玉成婚

吳典恩負心被辱

春梅姐遊舊家池館

楊光彥作當面豺狼

假弟妹黠續鸞膠

真夫婦明諧花燭

陳敬濟臨清逢舊識

韓愛姐翠館遇情郎

劉二醉打王六兒

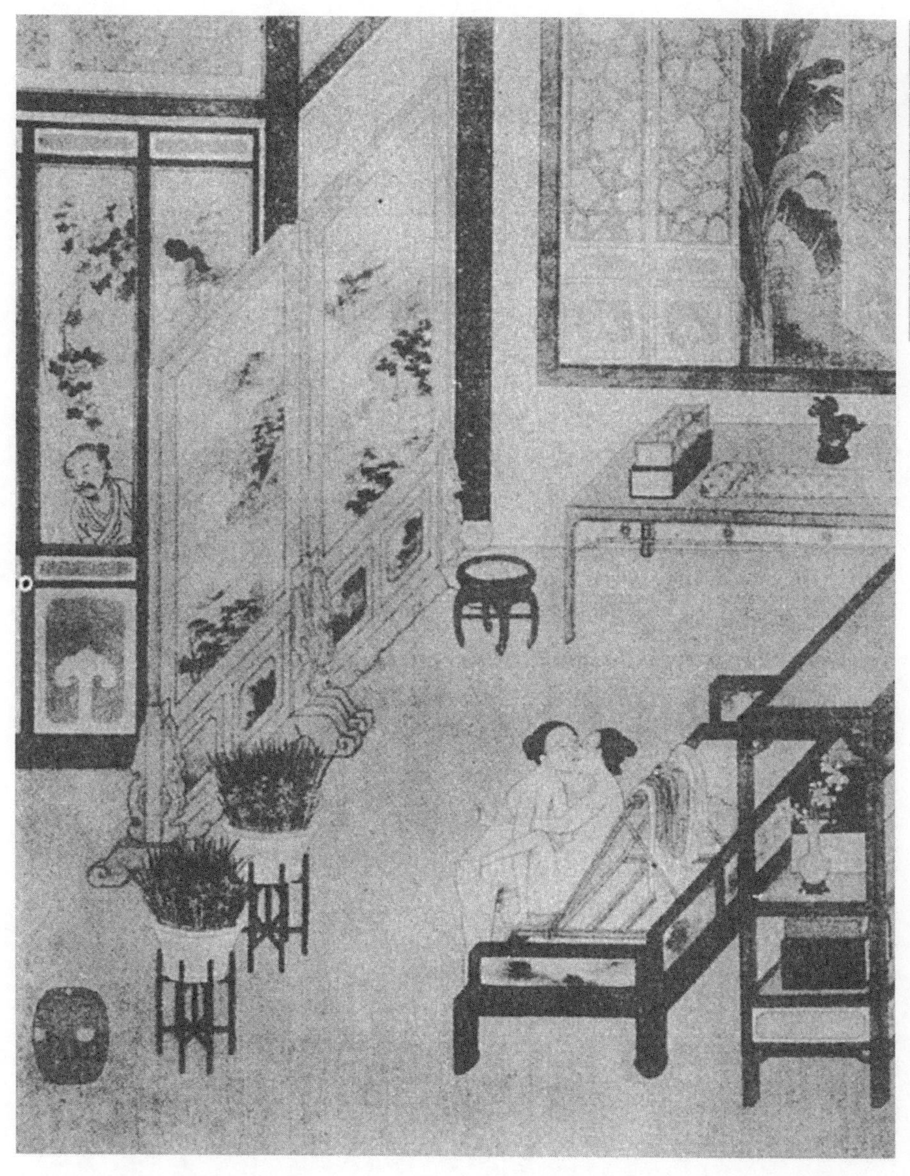

張勝竊聽陳敬濟

韓愛姐路遇二搗鬼

普靜師幻度孝哥兒